*"Just speak out a plain tale,
and show you have a Scotch
tongue in your head."*

Walter Scott, *The Heart of Midlothian*

A TONGUE IN YER HEID

EDITED BY JAMES ROBERTSON

EDINBURGH

B&W PUBLISHING

1994

First published 1994
by B&W Publishing
Edinburgh
Introduction and selection © James Robertson 1994
ISBN 1 873631 35 9
All rights reserved.

The publisher acknowledges sudsidy
from the Scottish Arts Council towards
the publication of this volume.

British Library Cataloguing in Publication Data:
A catalogue record for this book is available
from the British Library

Cover illustration: detail from *Healing of a Lunatic Boy* (1986)
by Stephen Conroy, by kind permission
of The National Galleries of Scotland

Printed by Werner Söderström

CONTENTS

INTRODUCTION

James Robertson

In this book you will find Scots in great variety depicting life; and a great variety of life depicted in Scots. From the outset my intention as editor has been to treat with equal respect, and as equally valid, the literary, colloquial, urban, rural, dense, thin, coorse and fine varieties of the language; but also, to look beyond the language to what it speaks of, to see how it engages with the present. If on turning through these pages some readers are surprised, affronted or confused to find language which, in their view, is not 'true' or 'proper' Scots, or perhaps not even Scots at all, I make no apology for that. There is, I believe, a shared base for all the stories here: they are rooted in a language system which, for all its variations, is common to the Borders, Lowlands, South-west, North-east, east-coast Highlands and northern Islands of Scotland. It is important, in appreciating this language, not to surrender the bulk of the territory to English and classify Scots as a minority in its own country, holed up in a number of small, isolated and ever-shrinking pockets. Narrow definitions based on ideas of 'pure dialect', or where the Doric or Lallans is set up against 'debased', 'gutter' or 'urban patois' Scots, do nothing to strengthen people's confidence in their own way of speaking and thinking.

These stories offer no simple answer to the question,

how does one transcribe the Scottish voice? In my view there is no such thing as *the* Scottish voice. In asking writers to submit stories in Scots, I made it clear that I was using the term as broadly, as loosely, as possible. The aim was to reflect the use of language from Shetland to Selkirk, from Ayrshire to Aberdeen, and also to reflect both real and imagined life in contemporary Scotland. The diversity of what I received surpassed all expectations.

Rather than enter into a lengthy debate on the definition of Scots, I would prefer to quote this admirably clear and largely uncontentious passage by Norman MacCaig, in his Note on the Author introducing Hugh MacDiarmid's *Scottish Eccentrics* (1972 and 1993 editions):

> Now Scots, it must be observed, is not English badly spelled; nor is it a dialect of English. To simplify, but not in a direction away from the truth: the Scots language was a development – and by now is a degeneration – of the Anglian branch of what is called Old English, and was originally spoken from the Forth to the Humber – that's to say, on both sides of the Border. The Saxon branch to the South flourished and became what we call English. With the establishment of the Border, the Anglian branch developed as Scots. Scots and English, therefore, are cousin languages with a common ancestor, and it is as absurd to call Scots a dialect of English as it would be to call English a dialect of Scots.

It is sometimes claimed, but is manifestly untrue, that Scots is not really spoken or understood by the majority of people in Scotland. Reports of its death have been many down the years, and always they have been exaggerated. For example, Dean Ramsay, writing in 1857, had this to say:

I can remember a peculiar Scottish phrase very commonly used, which now seems to have passed away. I mean the expression "to let on," indicating the notice or observation of something, or of some person. For example, "I saw Mr.—— at the meeting, but I never let on that I knew he was present." A form of expression which has been a great favourite in Scotland in my recollection has much gone out of practice – I mean the frequent use of diminutives, generally adopted either as terms of endearment or of contempt. Thus it was very common to speak of a person whom you meant rather to undervalue, as a *mannie*, a *boddie*, a *bit boddie*, or a *wee bit mannie*.

Both these examples of Scots idiom that apparently died out a hundred and fifty years ago are still flourishing, as most Scots could attest. Anyone who cares to listen for the language will hear it virtually anywhere in Scotland, "in the factories and fields, in the streets o' the toon" in Hugh MacDiarmid's words, even if the voices using it are not, as he had hoped, speaking his poetry. Its increasingly common use in the theatre and on radio and television has also been a feature of the last ten or fifteen years. If we start from the premise that Scots is alive and well and in a majority, then a very different message replaces the mixture of pessimism and nostalgia which is contained in the usual well-worn farewell. And it is that vitality, the need and wish to address real situations imaginatively and with confidence, that I was hoping to attract in setting up this anthology.

Even for Scottish people who, for reasons of class, education, profession or location, speak what appears to be English, there is often the framework of another language below it, influencing it and pulling it in certain directions.

The poet and novelist Ron Butlin, in an interview in *Cencrastus* No. 24, talked of how he turned to Scots at a crucial phase in his writing:

> I was living in a huge emotional turmoil, I always had been. And then suddenly I go right back to the beginning. In this sudden discovery, or re-discovery of the whole sound-world of the Scots language I had known and felt as a child, I was able to draw on an emotional life and point of view that I recognised as mine . . . I think that the Scots language put me in touch with parts of myself that English couldn't reach. And, Scots having opened them out, then English can get to them.

If for many the experience is less dramatic it is no less real. Nor is the tension simply between adulthood and childhood: every day, people switch between registers in their speech, according to different situations. This is, of course, not unique to Scotland, although here the switches may be more frequent. Moreover, the standard register against which other registers were once measured is rapidly losing its authority: English as spoken by the upper classes of England is so far from being 'standard' these days that increasingly it is – and should be – seen as just one of the many forms of world English.

The language question has been bothering Scottish writers for a very long time. It was at the heart of the modern Renaissance spearheaded by the work of MacDiarmid, since that movement attacked the roles that had been handed out to English and Scots (and Gaelic) over the preceding two centuries: English was for seriousness, for moral and intellectual discourse, high culture, narrative in fiction; Scots was for humour, sentimentality, nostalgia, slavishly Burnsian verse, dialogue in fiction. MacDiarmid's achievement, as Norman MacCaig explains, was to make Scots burst out of the kailyard where it had been banished:

> By our time, however, Scots had weathered into dialects of itself, and its vocabulary had become sadly impoverished. Hugh MacDiarmid set himself the enormous task of establishing "a full canon of Scots" by enriching the vocabulary with whatever words suited his purpose, even if they had been obsolete for centuries. A queer marriage this, you might say, of the dying with the dead. The odd thing is, it worked, for him if not for others, which only goes to show that you can strike water from the rock if your name is Moses.

In an interview in *Scottish Marxist* (No. 10, Winter 1975) MacDiarmid said:

> I fell in love with the Scots language and I tried to extend it . . . It was like a revelation when I wrote my first poem in Scots . . . I must have tapped some resource deep within myself.

This is the description of a poet searching, not for a language that can do everything, but for "datchie sesames, and names for nameless things." Scots, he believed – and he proved himself correct – can go into places closed to English, just as English can go into places closed to Scots. That this should apply to prose as well as to poetry is a natural development of MacDiarmid's vision of extending all language.

However, the literary rehabilitation of Scots effected in the 1920s and 1930s was most obvious in poetry. With some notable exceptions – Lewis Grassic Gibbon's *Scots*

Quair, some twenty stories produced by MacDiarmid himself, and, later, the work of Robert McLellan – prose fiction was not an area explored with much confidence by exponents of Scots. It is only in the last two decades that a substantial body of Scots prose and, within that category, fiction, has begun to appear.

The linguistic scope of the stories in this book, and of others by writers not included here (James Kelman and Jessie Kesson come to mind), demonstrates how Scottish accent, syntax and vocabulary – Scottish voices, in fact – may quite readily be transcribed in different forms ranging from dense Scots to (relatively) 'standard' English. One writer who, while supportive of the project, did not in the end submit a story for this book, Duncan McLean, told me that he never wrote anything phonetically, "believing that Standard English spelling stands equally for all dialects – I'm not willing to let Standard spelling become any more firmly associated with any single accent/dialect than it is already." This view begs the question, whether grammar and vocabulary in a piece ostensibly written in English are sufficient indicators of Scots. In many instances, including McLean's own writing, the answer would probably be yes.

The best example of this is to be found in Lewis Grassic Gibbon's *Scots Quair* trilogy: on the page it presents no great difficulties to even the most anglophonic of readers, but if read aloud it demands to be heard in "the speak of the Mearns." In an essay on this work in *Chapman* No. 23/24, John Burns comments: "Language for Gibbon was a living medium capable of being re-shaped by each individual without losing its vital and essential function in a community." This statement is in a sense a definition of the act of creative writing; and it has a particular relevance in a community where how words are spoken has for so long been dissociated from how words are written. It might be argued that much of what appears in this book is also a far cry from how words are spoken, but all written language is representation and it seems to me that representation in Scots is as valid and valuable as representation in English. But there is another, crucial factor, that goes beyond phonetics: a writer's decision to reject English forms in favour of Scots ones is, often consciously, a political decision. The motive may be oppositional or affirmative, or both, in terms of class, culture or nationality, but it is inherently political.

Sometimes the accusation has been made that Lallans is the preserve of middle-class people who are desperate to acquire the cultural badge of Scottishness which they feel their anglicised speech patterns deprive them of, and that its literary achievements are therefore highly artificial and reflect certain individual cultural neuroses more than a genuine voice of Scotland. (It could however be retorted that this is, in a country beset with political and cultural dichotomies, frustrations and stresses, a perfectly legitimate form of artistic expression.) In interviews in *Edinburgh Review* No.77 Tom Leonard articulates the scepticism against Lallans most forcefully:

> I know that over the years I have got very annoyed at what I see as a middle-class appropriation of Scots who then finger-wag working-class Scots, particularly in the West of Scotland, as not being, you know, pure Scots speakers . . . .
>
> I always felt that a lot of these people had been to a fee-paying school and then had to go and learn how to speak 'Scottish'. I had more Scottish words in my mouth in five minutes than they would have in a year, you know. These would be the same people who would be

wagging their finger at me and telling me how to be
Scottish and so on.

There is too much truth in what Leonard says for it to be
denied completely. Nonetheless, the influence on Scots
writing of a few individuals who are obsessional about
standardised spelling systems or determined somehow to
keep 'bad' language out of their representation of
vernacular speech, should not be overestimated. Perhaps
the nature of language itself is the best protection against
such meddling – if restricted by artificial means, its growth
tends to shoot off in unexpected directions.

There is a wide variety of approaches in these stories to
problems of Scots orthography, and I have not sought to
eliminate these. One argument against a standardisation of
Scots spelling is that one of the language's very strengths lies
in its flexibility and its less-than-respectable status: writers
turn to it because it offers a refuge for linguistic individual-
ism, anarchism, nomadism and hedonism. What has often
been perceived as a fatal weakness may in fact be the secret
of its resilience and survival against four hundred years of
creeping anglicisation. If there are inconsistencies – to adapt
Walt Whitman – very well then, there are inconsistencies:
the language contains multitudes.

William McIlvanney has spoken of Scots as being like
English in its underwear, stripped of all pretensions, and in
some respects this is very apt. Used largely by the working
class, both urban and rural (though not exclusively – it is a
myth that no middle-class people speak Scots), it conse-
quently carries a very different set of political and cultural
values from English, the language in which government and
the Establishment make their voices heard. In a letter to *The
Glasgow Herald* in 1946, complaining about a flippant

xiv

editorial piece on "Plastic Scots", MacDiarmid made the point that the question of language could not easily be separated from that of class:

> It is not the case that modern Scots poets have invented new words to eke out their vocabulary. Nor is it the case that they have had undue recourse to Jamieson's Dictionary. Most of them write on the solid basis of the speech they first spoke as children and were familiar with in their homes – the speech incidentally, of the vast majority of the Scottish working class still, and, judging by the scant headway made against it by English during the past two centuries, likely to remain so!

The real reason for developing, encouraging and using Scots is not that it should articulate *everything*, but that it can articulate things which, for whatever reason, English cannot, or which writers and speakers *feel* are beyond English. As has already been mentioned, opting for different registers is an entirely natural linguistic process in which most people engage on a daily basis. The crux of the matter is the relationship between Scots and English. As close cousins, they already possess many similar or overlapping characteristics. This, in the late 20th century, is highly unlikely to be reversed, even in the event of a new political relationship between Scotland and England. There are, presumably, still a few pipedreamers with visions of an independent Scotland in which the citizens all speak either Gaelic or Lallans, or both. Realistically, it seems to me, the future for Scots lies in exploiting its close relationship with English, in generating positive, progressive energy from that juxtaposition and the tensions it creates. The ability of people to renew their *spoken* language by such means is not in doubt; the knock-on effect on *written* Scots should be equally dynamic. The stories contained in this book are strong indicators that this process is already in train.

EDITOR'S ACKNOWLEDGEMENTS

My thanks are due to Biggar Museum Trust for appointing me to the Brownsbank Writing Fellowship. Without their support I would not have been able to undertake the editing of this book. My thanks also to the Scottish Arts Council, Strathclyde Regional Council and Clydesdale District Council for their continued sponsorship of the Fellowship, and in particular to my former employers, Waterstone's Booksellers, for their support of the post and this book project.

Thanks also to the following for help and advice: Campbell Brown, Steve Wiggins, Angela Cran, Joy Hendry, John Graham, Alison Mann, Kevin Williamson, Brian McCabe, Alan Lawson.

*For aa the Scots speakers wha dinna ken
the worth o whit they speak.*

Mister and Missus

When ah wis a boy ma mither an faither died. Ah dinnae remember them now. Ah even think ah wis too young tae be awfu upset at the time but it meant ah wis brought up wi ma Granny an Granda. This story's aboot thame. They're deid noo. Well he's deid. She's alive in body but wi a deid mind, sittin oot her days in a dark room wi a fur rabbit in her airms that she thinks is her deid bairn, her eighty years deid bairn. Wee Eddy's deid as well. But it's jist as well. Granda wad be birlin in his grave if he wis tae read this noo.

Granny an Granda werenae exactly Darby an Joan. The relationship wisnae withoot a few stresses an strains; an it wisnae the genteel ones that ye see on T.V. plays – ken, aboot the male menopause, or the wumman's need fer fulfilment, or the marriage at an emotional crossroads, or sexual complications an aw that English stuff. Their problems were much simpler. Basically Granda wad come hame drunk at night an throw the dishes an chairs aboot. If he wis really drunk he wad throw Granny aboot as well. Then he wad go tae bed. Sometimes when he woke up in the middle o the night he wad go intae the stair an kick the Ramsays' door an they wad have tae send fer the polis. But that wis because they were aw Catholics an that used tae annoy him, especially when he wis fu. Mind you Granny wis nae angel neether. She wis a wee bit feckless an awfu fond o a dram. Any hoosekeepin she got wis spent by Monday. The rest o the week we ate sheepsheid broth an clapshot. Granda used tae get violent when he saw his denner.

"Missus," he wad shout frae the door when he came hame frae work. Ah niver heard them ca each other by their names. "Missus."

Nae answer.

"Whare are ye, ye auld hoor?"

"Here, Mister."

She wad come loupin oot the kitchen wi her peeny on ower her flower-patterned overall.

"Whare's ma denner?"

"It's comin, Mister."

"It better no be sheepsheid broth."

"Aye, Mister."

"Or it's gawn oot the windae."

"Right, Mister."

It wad be sheepsheid broth. Sometimes it wad go oot the windae. If he wis hungry he wad eat it. He wad souk the soup aff the end o his spoon like a coo at a trough. Then he wad bellow:

"Hi, Missus. Whit's this?"

Granny wad come oot the kitchen wi a fag in her haund. Granda's face wis aw red an he held a big white tooth between his forefinger an his thumb.

"It's a tooth."

"A tooth!" he wad roar.

Then he wad throw the soup oot the windae, an sometimes the table as well. The neebors wad come oot an pick things up an bring them back upstairs. He niver threw Granny oot the windae though he did throw her doonstairs once.

Fer he wis an awfu man wis Granda; a wee, wizened, toothless, nasty auld bugger wi a temper like a volcano. He'd be sittin right placid like an the next minute he'd be aff his heid rantin an ravin an throwin things aboot. He wis barred frae every pub in Leith. Sittin in the corner o the Central, quiet but drunk an aw o a sudden he'd shout:

"Fuck the Pope and De Valera!"

Then he wad glare roond the pub an everybody wad look doon at their pints or turn towards the gantry. Even in his seventies they were feared o him.

Granny wisnae feart. The general opinion wis that she'd been battered aboot sae much she'd gone simple. She'd go roond the hoose tidyin up, singin an hummin tae hersel while he roared an bawled an ca'd her a hoor, a cow, a prostitute. When he'd exhausted himsel wi his rantin he wad gang aff tae bed, mutterin tae himsel.

He wisnae like that aw the time, mind you. Sometimes he wad be right cheery an good-humoured. But even then he had a funny sense o humour, a bit cruel like. Granny wad be sittin by the fire readin the paper an he wad strike a match, lean ower an set her newspaper on fire. She niver noticed till the flames were nearly lickin her heid. Then she wad jump up an throw the blazin newspaper in the fire cursin him fer an auld gowk an a nuisance. He wad roll aboot in his big chair, his wee thin legs in their long johns peddlin the air, laughin his heid aff. He ayeways wore his long johns in the hoose. He could niver keep his troosers

3

up. They were aye faan aff his thin backside so he wad walk aroond in his underwear. There he wad be, sittin by the fire in his torn long johns, wi his feet on the mantel-piece an his goolies hingin doon tae his arse, fer Granny niver sewed onythin. When ah wis a bairn ah found it awfu embarrassin when neebors came but naebody seemed tae bother. Ah dinnae think Granny even noticed. But when Auntie Mary came she noticed. She wis Granda's sister an had done well fer hersel, marryin a surgeon at the Royal Infirmary an livin in a hoose in Newington. She wad sit there wi her nose in the air, fair disgusted, Granda oblivious tae everythin, his nose glued tae the paper an his chuckies danglin doon.

"Oh, Eck," she wad say in the stuck-up Morninside accent she'd got frae her man. "My Gawd, Eck. Have ye no got a pair o troosers man?"

Granda wad only snarl an mutter, his heid deep in his paper.

"I mean, Eck, for Gawd's sake. Show a wee bit o decorum. I can see yer private parts man."

Then she wad sniff an stare at the ceilin till ah thought she wad get a sair neck.

"If ye'r no pleased," he wad say, "tak yer torn face oot o here. Ah didnae ask ye tae come."

She wad flinch an gie a right pained look an stare roond the room. Then she'd leave efter half an hour. She aye came hersel. She'd have died raither than let her doctor man see her brither's hoose an she only brought her bairns once. When she got hame she found they'd got flea bites. They were niver brought back. Fer the hoose wis a midden. The beds had nae blankets, only coats. Ye were aye wakened in the mornin by somebody huntin through yer covers fer his coat fer work. By the time the

4

last coat had gone it wis time tae get up. An Granny niver cleared the table. The dirty dishes jist sat on it aw day, littered wi fag-ends an lumps o grease on the newspapers that we used fer tablecloths. There wis aye a pot o stewed tae on the stove an a tin o condensed milk on the table.

We'd aw sit roond the table at tea-time an Granda wad get ready tae go oot tae the pub. He'd shave himsel wi the big open razor that he sharpened on the leather belt that hung ower the fire. Then he'd pit on a pair o baggy troosers ower his holey long johns, tie them wi a piece o string an then an auld shirt wi nae collar an a jacket two sizes too big fer him that Granny had picked up frae a shop in the Gressmarket. He wad admire himsel in the mirror an then lean ower the table where we were eatin an scoop up a big dollop o margarine – Echo margarine it aye wis – an then rub it intae his hair. He aye said it wis beneficial tae the scalp. Then he'd pit on his slippers an leave the hoose.

He wis back at eleven, paralytic, ca'in abody fer everythin. When he wis drunk there wis naebody he didnae hate – God, the Pope, onybody in a dog collar, the Frayns doonstairs (papish bastards), Mrs Flanagan (an auld tail). He'd drink hot toddies till he fell on the flair in a stupor an we'd carry him ben tae bed. Sometimes he slept. Other times he'd cam crashin through intae the front room again ca'in on his sons tae fight – even ma faither whae wis deid – or intae the stair tae kick Mrs Flanagan's door an ca Mr Flanagan doonstairs fer a square go. Granny wad sit an say nowt while he abused an reviled her.

"That's right, Mister," she wad say. "That's right."

Granny's day oot wis a Friday when Granda left fer work. He wis aye oot the hoose by half-past seven.

5

Granny wad get up an make him his porridge an egg an black puddin. Granda wad sit doon efter lightin the fire an eat his breakfast wi the coal dust still on his haunds, swillin doon hot toddies wi his porridge an milk. As soon as the door slammed shut she'd dash ower tae the windae an watch his auld hunched back shufflin doon the road tae the bus. Then she'd pit on her coat an go through tae the bedroom whare Granda kept his gold watch in his jacket pocket in the wardrobe. At nine o' clock she'd be waitin ootside the pawnbroker's. She'd pawn the gold watch an redeem it the next day frae the hoosekeepin. Twenty years she'd been daen it afore he foond oot.

Two pounds in her purse she'd be intae Mackie's tearooms in Princes Street. She'd buy a pot o tea an a buttered roll an read the *Bulletin*. Sometimes she'd stop an look up at the Gardens an the Castle. It took her a long time tae read the paper fer she wis a slow reader. Granda, whae'd been clever at school, used tae laugh at her when she read, till she held the paper up tae her face. That wis probably when he started settin fire tae it. Then she'd leave Mackie's an go along tae Patrick Thomsons where she'd wander roond the coonters, pickin up dishes an pittin them doon again, admirin the tablecloths an the linen sheets. Then she'd look at the jewellery, shakin her heid an makin tut-tuttin noises.

By this time it wis eleven o' clock an she'd march doon tae the G.P.O. an doon Leith Walk intae the Black Bull. Meg Arthur wis waitin fer her, sittin in the corner wi her whisky an water, her hair dyed bright red. Her man wis a foreman in the Bond in Leith. He thought his wife went tae a freend's hoose tae crochet on Fridays. Little did he ken. If he'd foond oot she wad niver hae lived tae draw her pension, which wisnae far off. The barman kenned tae expect them an ca'ed them ladies an brought ower their nips. Granny liked a dram. She'd down three or fower very polite like but ye could see she had a real cravin. Efter they'd drunk a bit an spoke aboot men an their thrawn ways Meg wad start tae hum a wee tune, one o the auld sangs, then she'd sing soft an sentimental like:

> "The sheep are in their fold
> And their fleece worth more than gold
> To a shepherd in a sheilin
> Down in the glen."

"That Robert Wilson sings lovely," Granny wad say. Then she wad sing, her eyes closed, heid back, tappin her feet in time:

> "I'll take you home again, Kathleen,
> Across the ocean wild and wide.
> To where your heart has ever been
> Since first you were my bonnie bride."

Someone wad join in frae the bar, croonin softlike frae the corner by the big windae wi the coloured glass. Granny wad buy him a drink.

At half-past twelve they'd leave an totter doon the Calton Road, no drunk but jist a wee bit warm, the half-bottle they'd bought between them tucked intae Granny's handbag. They were goin tae Stewart's Ballroom, a sleazy wee buildin in Regent Street. At one o' clock there wis auld time dancin an Granny an Meg were ay there first, squeezed in behind a table an the half-bottle goin back an forward, their faces gettin redder an redder an Granny lookin fair contented, sittin wi a glaikit smile on her face an hummin tae hersel.

As the other dancers came in the music wad start. It wis aye wee Eddy that asked Granny up, right considerate tae. Granny wad smirk an stagger tae her feet. He wis smart in his dark double-breasted suit an she could smell the Brylcreem on whit wis left o his white hair. Ah suppose Granny couldnae help comparin him wi Granda. An he danced sae well. She niver knew if it wis wee Eddy or the drams but when she waltzed wi him it wis like dancin on air. An he wad take her back tae her seat. He wis a widower but Granny wis sure that when his wife wis alive he niver ca'ed her a hoor.

The only thing aboot wee Eddy wis he wis awfu short so that when she danced wi him she looked doon on his baldy heid. But he wis nice an generous tae a fault. He ca'ed her by her name tae – Mary. Sometimes he wad bring her a quarter-bottle an a box o mint creams. Her an Meg wad destroy the sweeties an scoop up the whisky. Their drouth fer the stuff wis worryin when they got gaun.

Aye, Eddy wis soft on Gran. An it has tae be said that Granny wisnae entirely indifferent tae him. Eddy wis the main reason fer her Fridays oot. Sometimes through the week when Granda wis oot gettin drunk, she wad take a chance an slip oot tae meet her fancy man. They wad sit in a pub, haudin haunds an starin intae empty space. They hardly spoke, jist knocked back whisky an water. She wis aye back before Granda, God help her. But he niver suspected a thing, despite aw the things he said aboot wummin.

At quarter-past three Eddy wad walk Granny an Meg tae the bus-stop an wait wi them fer the number one. He gave them ninepence fer their fare. Naebody ever saw him kiss her, no once. She'd scuttle aff the bus an doon intae the hoose jist in time tae get on the denner before Granda got hame.

She spread a clean newspaper on the table an pit oot the knifes an forks, dancin between the livin-room an the kitchen, gien a wee jouk o her legs as she passed the kitchen door. Back wi the plates an anither wee shak o the fuit an a wee hooch as she louped back intae the kitchen again. She pit on the sheepsheid broth wi the big deid eyes starin oot, an roond aboot the pot Granny dancin, waitin fer her man.

Granda aye gave three raps at the door. He'd niver had a key. He'd nae use fer one since it wis a wumman's duty tae aye be in the hoose fer her man an tae answer the door fer him.

"Aye missus," he wad growl as he came in. His bunnet wis back on his grey heid an his claes were spattered wi paint. He wad pit his haunds in his pockets an warm his bum at the fire.

"Aye, Mister."

He wad look suspeecious like at her flushed face.

"Been oot, Missus?"

"Jist doon the shops, Mister."

"Oh aye."

He wad tak his coat aff an sit doon in the big chair, pittin his feet on the mantelpiece.

"Paper."

Granny wad bring through the *Edinburgh Evening News*.

"Glesses."

She wad haund them doon frae the mantelpiece.

"Soup."

She wad scurry intae the kitchen an bring oot his broth. He wad sit suppin it an mutterin an swearin under his breath. He wis suspeecious o her red face. If he'd seen

9

the wee jig an the quiet heech behind his back his suspeecions wad hae been confirmed. She brought in the meat an tatties an then his tea. He aye supped his tea frae his spoon, blawin on it first an glarin at Granny ower the teacup. When he wanted mair tea he wad tap the saucer wi his spoon an she wad run through fer the pot. Efter a long silence he wad growl at her frae across the hearth:

"Ye've been up tae somethin, ye auld hoor. Ah can tell."

Then he wad fa asleep in the chair in front o the fire an she wad follow suit in the chair opposite, quietly snoozin aff the whisky an water.

Granda didnae really like wummin. They were aw fickle, unfaithful, treacherous, unreliable hoors. An yet he didnae seem aw that happy when he wis finally proved right. As far as he wis concerned Granny didnae leave the hoose, except tae get food. When ah wis a bairn she wad ask him if she could go to the pictures but he wad glower at her.

"The only place you're gaun is intae the kitchen tae mak ma supper," he wad growl.

He wis a man o habit tae. Every Friday he came hame at six o' clock, efter three pints in the Volunteer Arms on the way hame. It wis the beer, ah think, that made him sae irritable. One Friday he walked in at twelve o' clock, the paint an plaster clingin tae his workin-claes an gien aff that musty, chalky smell that sent me tae sleep at night. It's funny, ye ken, he wis a cruel auld bastard but when he came through at night, an thought ah wis sleepin, he wad hap me up an ah could see oot the corner o ma eye his shadow at the door, staundin lookin at me.

"Whare's yer ma?" he grunted. Ah aye ca'ed them Ma an Da. Ye could see he wis annoyed she wisnae there.

"Ah dinnae ken," ah said. Ah kent awright. Granny used tae talk aboot wee Eddy.

"A real gentleman," she used tae say. "But ah dinnae let him get tae fresh. No, no."

Granda went intae the bedroom an came back in his black Sunday suit.

"Whare are ye gaun?" ah said.

"Matty Kelly's funeral," he said.

He wis back at four, his face scarlet wi the whisky an the wicked look in his eye.

"Yer ma no hame yet?" he asked.

"Naw," ah said.

"Whare the fuck is she then?" He slammed his fist on the mantelpiece.

"Ah'll fuckin kill her. Ma watch an aw. Ah ken whit's she's been up tae. Dinnae think ah dinnae ken."

Ah sat by the windae wi ma book an Granda walked up an doon the hoose like a wild animal in a cage; ower tae the windae, then back intae the kitchen, lookin at the clock above the fireplace.

"It's nearly dennertime," he said.

Ah wis worried. Surely she wadnae be daft enough tae be late fer his dinner. Then ah saw her traipsin up the street wi a wee skip in her step. Ah couldnae hear her but ah could see she wis singin tae hersel.

"Here comes the bitch," said Granda. "Ah'll fix her."

He went intae the kitchen an ah could hear the tap runnin; then Granny's step comin up the stair, hummin tae hersel. She opened the door tae see him staundin in the hall.

"Aye, Mister," she said. She didnae see the bucket in his haund.

"Hoor," he screamed. "This'll cool ye doon."

11

The cauld water hit her sae hard it knocked her back against the door. The floppy brim on her hat fell doon ower her face an her dress wrapped itsel roond her airms an legs like plastic.

"Cunt!" His fause teeth flew oot his mooth an clattered against the wa.

"An look whit ye've done tae ma fause teeth!" he roared. His face wis purple, his wee eyes poppin oot his heid.

Granny jist stood there, her wet claes stickin tae her, an gret. She sat there aw night, greetin quietly while Granda slammed aroond the kitchen heatin up the sheepsheid broth fer himsel.

"Sheepsheid broth again," he muttered tae himsel as he cleared a space on the table. "Well, it better be guid or its gaun oot the fuckin windae."

J.E.MacINNES
Wee Peachy

I dinny mind my first love. I wis ower young and huv hud
ower minny, but I dae mind the wan that gied me the maist
actual physical pain. It wis comin oan fur the summer
holidays an I must hae been near fourteen an I'd be jist at
the en o second year an still interested in academic things,
still "quite good at the school", "one of the bright ones",
but I had an infatuation, a deep and I knew permanent
and lasting love fur the art teacher – Wee Peachy. We aw
loved him, the lassies in my class, but I knew my love wis
the best love.

We used tae huv him oan a Friday efternoon an it wis
summer an it wis hot, hot, hot, an because it wis his class
we aw dressed up, no in the usual school uniform, fur oan
a Friday we were that wee bit lax because it wis near the
holidays an the en o the week an the summer. There werny
minny summers that I can mind as a wean that were hot
throughout, thon sweatin hot that ye couldny dae onything,
but this wan wis.

We were the academic two-language class and naebody

had ever suggested that art or music or literature could be a career, so we werny that interested. It wis really just a skive fae the hard work. We werny concerned wi the shape, or line, or form, or the light and shadows, it wis later oan in life we learned what shadows were. It wis much later we understood what Wee Peachy wis trying tae teach us, but then, the sun jist cam beelin in the windaes, beekin us.

I sat there resplendent in my hame-made blouse an my sister's stolen drindl skirt wi the belt buckle cuttin intae my waist, she wis aye a wee skinny-ma-link an I wis a big sonsy lump. But maist uv aw I'd stolen her shoes. She had left the school bi noo an wis jist feenishin her apprentice-ship in the tracing office at John Brown's Shipyard. She wis in digs aw week but cam hame oan a Friday fur the weekend an her fancy claes an shoes. I wis still at the school and still in regulation clumpy, dumpy shoes an I hated them. I hud stolen hers. She wis a private kinna lassie an no that sharin o her possessions. Nae wunner, when my big feet were gaun intae her wee shoes, but I hud actually made a habit o nickin these shoes oan a Friday efternoon, so much so that they hud gien me a corn oan each wee pinkie tae, that gied me gyp. Ooh, they didny hauf gie me gyp.

I mind wan particular efternoon, my socks, nylon socks, white nylon ankle socks, too ticht an these shoes that were also too ticht an ma feet sweatin in them, an I couldny tak ma shoes aff fur Wee Peachy cam tae ma desk tae look at ma drawing. Noo, unner normal circum-stances I widda slippit the shoes aff unnerneath the desk an gien the corns a chance tae throb, but I couldny, fur it wis at the en o a long day, an imagine, jist imagine if ma feet were smellin, an he wid be hunkert there, nearer ma feet than me, an he wid mibbe smell them. Oh, I wid die, I'd be that black affrontit.

So he sat there an he hud his sleeves rolled up an the hairs oan his foreairms mingled wi mine, an the shocks ran up an doon my airm. I could hardly haud my pincil. He must ha thocht I wis a silly besom, or mibbe he kent, mibbe it wis jist an occupational hazard wi him but I can mind yet, the sun beekin in an the hale class comatose, an of coorse there wis aye a big bumble-bee bangin its heid oan the windae, stupit enough to fly in an fin a big open windae an too stupit tae fin it oan the road oot. I never could unnerstaun that.

Hooever there wis I, wi ma hert gaun like the clappers an yon anticipatory beginnin sexual stirrings that we didny ken were that, we were that young and uninformed they were still tickly. An I could see the sun glintin oan his lashes. They were quite dark and when the sun hit them they trapped a golden puddle in the curl an jist glintit at ye, an his face wi the growth o his five-o-clock shadow hintin through that made it that grown-up beside the soft formless faces o the boys in the class, an the hairs oan his airm minglin wi mine.

I hud never fun airms interesting but I can see his yet. He had quite a wee haun fur a man an saft, wi him no daein manual work, but it wis strong an hud knuckly knuckles, bony but wi weel-kept nails. I'd never noticed nails oan a man afore either, but ma hale life wis jist this wan airm, wi the hairs, an his pincil wi his deft strokes where mine were aw watery an waffy like ma legs at his nearness, an ma feet wi these corns jist gowpin ablow the desk, an the belt buckle slicin intae ma spare tyre an the sunlight splinterin aff his lashes while the een oan him smiled at me.

15

STANLEY ROBERTSON
The Wishing Well

Awa hinnae back, up in the Heilans, there bade a bonnie lassie cawed Morag. She bade in a place cawed the Sma Glen and it wis a gey isolated place wi only a very few hooses and an awfie lot o sheep. Morag wis an awfie bonnie quine but she wis a bit o an article. Whar in lassies in her position were hard grafters Morag wis an exception. I suppose it wis her mither's fault for aye blawing up her heid oot o aa proportion and aye telling her how bonnie she wis. The silly lassie walked aboot wi great illusions o grandeur far above her station. She wid hae been better tae hae learned how tae weave and spin and prepare hersel for tae mak some man a guid wife.

Noo there wis naething tae see or dae in the Heilans as far as Morag wis concerned. Everything wis a crashing bore tae her and even wi aa her great looks there wis hardly ony man there tae tak her fancy. Maistly she wid either sit cooched in the hoose or she wid gang awa for a trodge tae hersel. She hated the place whar she bade. Though it wis in reality a very wild rugged landscape its

16

charm and beauty did naething for her. Aye in her mind she hid a pipedream. She aye wanted tae faa in love wi some very exciting man wha wid sweep her aff her feet and tak her awa tae the best cities o the world. Paris, Rome and Venice were some o the places that her heart longed for to see.

Een day Morag wint walking on a different pairt o the countryside tae see if she could maybe see some oot o the ordinary. Weel it wis a fateful day and things were already in the making. A large pine forest lay ahead o her so she thoucht that she wid tak a dander intae it cos she liked being in among the trees cos there she could fantasise and strecht her imagination tae the limits. Trodgin deeper intae this wid she could see different kinds o wildlife and strange sma shrubs and fungi. Tae her it seemed like a fairy world o mak believe. Then she come upon an auld spring well in the middle o the forest whar there wis a sma clearing. She must hae wandered weel over a mile intae the wids. At last noo she hid discovered the bonniest spring well that ever she hid deeked her een upon.

A deep thrill wint through her. At last she hid found something different and it wis like finding a special cache o treasure. Morag's een lit up wi delight. Lichens and mosses alang wi ferns nearly covered the spring well ower but Morag dichted the woodland coverings until she could see deep doon the well itsel. Indeed it wis an auld yin. There were dry stanes making a wee surrounding for it and she could hear the waater rinning doon below. Sure it must be a fairy wishing well she thoucht tae hersel.

Adorned in a red pinnie and a smock apron she fumbled through her pockets tae see if she hid a penny on her possessions. Whit luck, she found a penny in her apron pooch, and (as there's nae wye tae spend a penny

17

in the Heilans) she cast it intae the well, closed her een and made her wishes.

Whin she opened her een lo and behold there wis a wee fairy man stannin at her side. Morag got a sudden startle. Looking at him she could see he wis aboot four feet high, a lang sniping nose, a hump on his back and he wis covered wi toad warts. Bless and save us he wis an ugly wee guffie. Morag pit her hand tae her mooth and screamed, "Wha the Hell are ye?"

"Be careful wi yer mooth lassie and mind yer mainners. I am the fairy o the well and ye did summon me and ye pit a penny in and made yer wishes."

"I'm awfie sorry, fairy man, but I never hae seen onything as strange looking as ye and I got a bit o a fleg," she replied.

"Weel I hae the power tae mak yer wishes come true," said the fairy man.

"Can ye really?" exclaimed Morag.

"Whit is it ye seek for?" he asked her.

"I wid like a tall handsome man wi a big black charger tae sweep me aff mi feet and tak mi tae the bonniest and exciting pairts o the world. Paris, Rome, Venice, ony place tae get awa frae the scabby Heilans."

"Weel, mi dear, ye are asking an awfie lot for a penny," he said.

"I knew it, I wid get a fairy that disnae hae the power tae gie mi ma wish."

"Dinnae underestimate mi powers," he replied, "cos I can grant ye yer wish but nae for a penny. But I will set ye a condition and if ye can fulfil it then I promise tae grant ye yer wish."

"Whit is the condition or bargain ye hae tae offer me," she boldly asked.

"Weel I bide mi leaf alane in the middle o this huge forest and if ye come hame wi mi and be mi hoosekeeper for one month and a day I will grant ye aa yer wishes, but I winnae dae it for a penny."

Morag argued the toss in her mind and pondered hard upon the fairy's request. Looking deeper inwardly she thoucht on how she never ever hid tae dae a hand's turn in her mither's hoose then how on earth wid she manage tae be a hoosekeeper for the fairy man? Struggling the battle in her mind she weighed up the pros and cons o the situation. Perhaps this wis the only wye she wid ever get her dreams come true. Anither such opportunity might never arrive so she thoucht hard upon it and made her decision. "Yes, I will be yer hoosekeeper for one month and a day."

The fairy teen her by the lilywhite hand doon through the large forest until eventually they came tae a wee scabby looking hoose within a clearing. It wis a pure hovel and as clatty as can be. Ye could smell it frae a guid distance awa.

"Whit a clatty wee guffie ye are. Dae ye never clean up yer hoose?" she snapped.

"Weel actually no. I hae so many ither things on mi mind that I dinnae hae time tae scutter aboot wi mundane jobs. The thing is I cannae use magic either tae clean mi hoose cos it is nae allowed. I can dae wonders for ithers but very little for masel," he answered back.

Pushing the door open a gust of dust and stoor hit her on the face and she coughed and hirpled for a few minutes. The smell wis sickening. There wis dog's dirt, cat's dirt, sheep's sharn and coo's bloops scattered everywhere in the hoose. Chickens, hens, ducks, geese and even turkeys flew aboot her lugs.

19

The scene afore her een wisnae real. Morag felt like turning awa at this point yet in her mind the battle raged on. Only thirty-two days tae work and the fairy wid release her frae sic a living hell and then her dearest wishes wid come tae fruition.

Boldly she wint tae get a bucket o waater and a scrubbin brush alang wi a sweeping besom. Noo she wint ower tae a corner o the hoose and she opened up a windae and she scarified the corning and there must hae bin twa inches o stoor upon it. She shovelled oot the rubbish oot the windae and a mound o clat like Bennachie wis growing by the minute. Aifter a wee while she got accustomed tae the smell. Her hands were sair scaddied and for the first time in her life Morag worked at cleaning. By the time she cleaned one corner o the hoose she wis knackered. There wis a chair that she scrubbed and she placed it in the clean corner and she sat doon exhausted.

The fairy man came in and he seemed quite pleased wi her first day's graftin.

"Ye hae deen a guid job for yer first day," he said complimenting her.

"Mi hands are aa sair and I am tired. I want tae go tae mi bed."

"But whit aboot mi supper?" he enquired.

"Supper," she snorted.

"Weel it is a hoosekeeper's job tae mak the food and be the bottle washer."

"I am nae a slave ye ken. Ye ask an awfie lot," she growled.

"But think upon yer wishes. Remember the conditions," he reminded her. Morag thoucht upon the bargain. She hid jist spent a day o pure hell but she could survive and the reward wid be weel worth it.

It wis a case o cleaning, cooking and skiffying for the fairy.

At lang last it came for tae gang tae her bed. "Whar aboot will I sleep?"

The fairy man replied, "Weel ye are mi hoosekeeper so ye will hae tae share the bed wi mi. Noo if ye want tae brak the conditions ye better gan awa noo tae yer mither and I can only grant ye a wee wish. Yet if ye keep yer side o the bargain I can promise ye whit ye want," he telt her.

Again Morag didnae want tae throw awa her only chance o gettin awa frae the Heilans so aifter an inner struggle wi hersel she agreed tae sleep wi the fairy man.

Strange and queer looking as the wee fairy man wis he also wis quite lusty and strang. He could loup up and doon like a see-saw. Peer Morag didnae really ken whit she hid let hersel in for. He wis a hornie wee fairy man and very energetic.

As the days passed by Morag wis deteriating. Her looks were fading and she began tae look bedraggled. Her hair wis oily and her skin wis dirty and rough wi aa the cleanin. Each day the hoose wis getting better and better but nights were a nightmare for Morag. Aa she could think on wis the end o her contract. A month and a day. That is a magical sequence o days so she kent she couldnae dare jack her job in yet. Nae a penny wid she receive but her reward wis colossal. Time waits for nae man and even though her days were lang the time passed by. Her last terrible day and night were noo in sight.

On her last night she hid a heart tae heart conversation wi the wee fairy man wha seemed tae be pleasant and sincere tae her.

"Tomorrow I gang hame, but can I ask o ye anither favour?" Morag shouted.

21

"Whit wid that be mi lassie?"

"Weel ye see mi hands are aa fired raw and I hae gained a lot o wrinkles and lines on mi face. Can ye hae the power tae sort them again?" she asked.

"Of course I can fix aa these things. These lines are the lines o life and yer hands are the experiences o work. So ye hae gained a lot o wisdom during yer stay wi me. But I hae tae hand it tae ye lassie. Ye are a really braw grafter and some day ye will mak a guid wife tae a worthy man. Ye hae a lot tae offer and I cannae fault ye in yer cleaning. Weel done lass, I am proud o ye."

Morag smiled tae hersel.

"Ye may sleep in the bed yersel taenight cos ye are leaving in the morning. I shall tak ye back taemorrow and sort oot yer wishes."

He left her and Morag hid a guid night's sleep. Whin she awoke she looked over her handiwork and felt a sense o pride. The wee fairy man teen her by the hand back tae the spring well whar first they met.

At the spring well he let go her hand and asked her tae stand at the side o the well whar they first met. Morag positioned hersel in the right place and the fairy man asked her some questions.

"Noo tell me lassie, whit wis yer original wish?"

"I wanted a tall handsome man wi a big black charger tae cairry me off mi feet and tak me awa tae Paris, Rome, Venice or some ither beautiful romantic place. I want sae much tae be awa frae the Heilans. I crave for excitement," she excitedly retorted.

"Three important questions I must ask you. Firstly, ye hae bin mi hoosekeeper for a month and a day and in aa that time I hae never asked yer name. Whit is it?"

"I am cawed Bonnie Morag," she replied.

22

"Secondly, whar aboot dae ye bide, Morag?"

"I bide in the Sma Glen."

"Thirdly and maist important, whit age are ye?"

She replied, "I am eighteen years auld."

Then the fairy man teen her by the hand, looked mysteriously intae her face and screamed, "ARE YE NAE A BIT TOO AULD TAE BELIEVE IN FAIRIES?"

He ran off and left her on her tod in the middle o the wid wi only her ain thoughts. She wis taen for a burnigully and it wis jist een o these bad hands that life deals ye sometimes.

JOHN BURNS

Waukenin

Jock held on ticht til the pownie's fuit as he hemmert the nails intil't an cut awa at the hoof until he gat it juist richt. As he bent ower wi the fuit gruppit ticht atween his legs his face gat reid an the sweit drappt doun aff his foreheid on tae the stour o the smiddy flair.

Iain thocht it maun be gey sair haein yon nails hemmert intae yir feet, but the pownie didna seem tae mind. It had been waur afore Jock gat stertit, flickin its heid an its tail aboot, an tramp-trampin the dirt flair wi its feet. Jock had talkt tae it an clappt its neck afore bendin doun tae look at its feet. Syne the meer had caummed doun an Jock gat ready tae caa the shuin ontil't.

Iain caad the bellows. He could juist rax the wuidden haunnle nou an mindit when he was ower wee tae dae it. Imagine bein too wee tae dae yon, he thocht. He likit the wey the haunnle had been worn smoothe ower the years bi the grup o ither hauns an he likit tae think on aa the fowk that had warkt the bellows afore him. He watcht the black rubber o the bellows gae in an oot lik the concertina

Jock wad sometimes play when the day's darg was duin an he could sit doun fornenst the smiddy fire for a bit crack wi the men that forgaithert i the smiddy at nicht. He watcht the fire grow reidder an reidder as he caad the haunnle.

Suddentlie reid sparks gaed sklinterin oot ower the flair as Iain warked the haunnle a bit ower quick. The pownie gied a lowp an Jock had tae jouk back an let go its fuit.

"Hey, come on, boy. Keep the heid. Dinna fley the beast. Caa canny wi that bellows or ye'll be ootbye wi my buit i yer erse!"

Iain skowkit back intae the shaddas.

Jock glowert at him then tuik anither reid het shoe oot o the fire, set it on the anvil an stertit tae hemmer it intae shape.

"He must be winchin," said Tam wi a lauch. "He's gat ower excitit caain the haunnle."

"Is that it?" said Jock. "Are ye winchin, boy? Ower the back o the hill wi Annie Macpherson is it?"

"No," he mumblit. The twa men laucht.

"It's no juist for stirrin yer tea wi, ye ken," said Tam.

The boy didna ken what tae say. He hadna a girlfrien an wasna shair that he wantit yin. Yet he likit Annie Macpherson fine wi her saft skin an lang black hair that she aye fliskt back oot her een.

Jock an Tam laucht at him staunnin there wi his face growin reid. He lookt up an saw the twa o them: Jock, big an sweity an hairy wi his muckle gret moustache an the hairs pokin oot the en o his nose, an Tam wi his wizent wee futret face scruncht up ablow his bunnet. He wunnert if he wad grow up lik them. Annie's face cam up afore him, her dark smilin een an her saft reid mooth. He felt

25

awkwart.

"I'll hae tae gaun hame," he said, an walkt oot o the smiddy wi the coorse lauchin o the twa men dirlin in his lugs.

He gaed oot the smiddy door an doun tae the fuit o the village whaur he lowpt the dyke an heidit ower the fields tae the river. He didna ken whaur he was gaun; he juist wantit awa frae them aa, wantit peace an quate.

He stoppt at the heich bankin abuin the river an sat, hunkert doun, for a meenit, keekin doun throu the trees. He likit it here wi the trees an the watter, an the wee birds cheepin amang the brainches o the trees. Doun on the watter ablow him there was an auld grey heron. Lik him it didna muve much, juist stuid there watchin an waitin but kennin juist the richt time tae dab a fish.

Efter he'd caummt hissel he gaed alang the dirt pad further intae the wuid, heidin toward the Linn Pool. He pickit his wey throu the brammles that grew ower the pad, for the Linn Pool was an ill bit tae win tae. The boys cam here every year tae watch the saumon lowp. Sometimes the bigger boys wad catch the odd yin that lowpt ower high an ower near the edge o the Pool, an there wad be a gret feast as they raistit the fish ower a big fire in a field at the back o the wuid.

He stuid on the edge o the Craigie Stane, a muckle gret rock that stuck oot ower the Pool, an watcht for ony sign o fish. There was ower muckle glitter on the watter tae seen ony fish excep richt doun ablow him whaur there was a bit o shadda. Iain lay doun an keekt canny ower the edge, hingin on that ticht that his fingers gat sair. Faur ablow him the watter was deep an black an still. He could juist mak oot the shape o twa, three fish dernin i the shaddas, barely muvin, forbye the odd flick o a tail fin.

26

Owerheid he could see the blue o the lift throu the derk leafs o the beech trees that hung ower him lik a muckle airch. Streekit oot on the flat tap o the craig he was i the middle o a circle o yird an lift an watter. He hung on ticht an shut his een for he thocht he could feel the warld aboot him coggle an tilt sae that he could feel it birl slawly roun on its wey throu space.

When he sat up aathin was quate an still. A saft rain begoud tae faa, the spots o rain makkin wee spoots o watter jaup up as they landit on the still surface o the Pool, an sent oot rings an ripples. Suddentlie a gret saumon lowpt richt clear o the watter an hung there i the air a bricht an schenand arc o licht, watter streamin an dreepin aff its blue-grey sides. A rain drap landit richt on its tail an brust intae a hunner schimmerin rainbows. It seemt tae fill aa the lift abuin the Pool, as it twistit its lang soupple body powerfully i the air afore it sloungit intae the watter yince mair wi a lood sookin noise. The ring spreid oot ower the Pool an disappeart intilt. Syne aathin was still forbye the wee spoots o watter flung up bi the rain.

The fish had gane as if it had never been, snoovin awa throu the liquid derkness, but he could still see it airchin ower the Pool ringit in schimmerin licht. He could feel hissel trummle as he saw again the gret fish slawly turn ower i the air an faa intae the Pool wi the watter caressin its sides an fauldin it saftly intae the derkness.

Wi glitterin een he turnt back tae the wuid an stertit tae sclim back up til the road. He felt licht inside an gaed glegly, steppin ower ruits an stanes an pickin his way past the brammles that hankt an catcht at his claes gin he wasna quick eneuch. The rain was nou a wee thing heavier an made an unco queer rustlin soun as it drappt throu the leafs abuin his heid.

He stoppt tae wipe the damp hair oot o his een. Somewhaur nearhaun he heard a lassie lauch; a sweet mellow soun that cam oot o the leafy wuid. He stuid an listent but the voice didna come again. He thocht he had imaginit it an mindit stories o fowk gaun gyte i the wuids an wild bits, stories o bairns that were never heard tell o again. *Up the airy mountain, Down the rushy glen.* A fear o the quate stillness o the place rase up in him. Then the voice cam again.

Breathin quick an wi his tongue atween his teeth he crep furrit. Raxin his hauns oot in front o him he pairtit the taiglit brainches an stems an leafs sae that he could see wha it was. The rain patterin on the leafs made mair noise nor him. Then he saw them an buriet his face i the yird sae that he wadna be seen. It was Annie Macpherson an her boyfrien Davie leanin thegither agin a beech tree whaur they had juist cairvit their initials. The boy's hairt gaed stoundin as he lay there wi his face presst doun intae the saftness o the sweet smellin yird. He dug his fingers into the moist derk moul as he lay there no daurin tae muve. There was nae soun bar the rain spatterin the leafs an saftly faain on the yird. Slawly he lookt up.

Annie Macpherson was staunin wi her back agin the tree an Davie was leanin ower her. He was kissin her an she had her een shut. Davie's haun presst gently on her breist. The rain fell quately ower them but Annie didna seem tae mind. Iain could see beads o rain on her face an neck. Licht glancit frae a bangle as she pusht her hair back oot o her face. She held ticht tae Davie an he seemed tae crush her back agin the tree. She made a queer wee chokkin noise an drew in her braith throu her teeth.

Iain saw her reid nails dig intae Davie's back. He turnt an ran back throu the birlin wuid.

JANET PAISLEY
Vices

She sayd she heard vices. No the Joan o Arc kind, bit in hur heid. Ah wance asked hur whit they sayd, these vices, an wha did she think they wur. Bit hur answer wisnae repeatable. Except in wan o them modern plays ur oan a back street coarner it nicht. Aw the same, ye kent she did hear vices because she sometimes answered thum, while ye wur there, while ye wur in the middle o talkin tae hur. She'd answer somebody wha wisnae you wi an answer that hud nuthin at aw tae dae wi the subject up fur discussion.

In the middle o the back green, talkin aboot whether the sun wid ur widnae oblige the day, she'd suddenly say somethin like "The buses don't go that way." An ye'd be stood there wonderin whit that hud tae dae wi the price o cheese. It felt peculiar even whin ye wur yaised tae it because hur een chainged jist afore she spoke, gittin lichter coloured while the pupils shrunk tae wee black doats.

Last week, fur instance. It wis gaunae rain. She says so,

fightin wi an airmfu of wet sheets.

"There's nae dryin left. Gie it hauf an oor."

Ah sayd aye bit wurn't the gairdens needin it. Wid fairly bring the weeds oan.

"If you're going to keep on about it," she says. "The answer is forty-six." That wis anither queer thing. Whin she answered wan o them vices she wis ayewis deid polite, correct like.

She had a black ee, a richt shiner.

"Wis he it ye again?" ah asked.

"Your turn," she says. "What's the square root of six thousand, two hundred and forty-one?" Noo, ah read an awfy loat o books bit ah widnae ken a square root fae a club fit an sayd so.

"Aye," she says. "These'll dae better oan the pulley." An she goes awa inside, a wee burd o a wummin trauchled aboot wi slappin wet sheets that very nearly trip hur up.

Last nicht he wis shoutin again. Jist in the door an startit. Sam an me wur sittin doon tae oor tea.

"Ah'm gaun roon there," says I. "He's at it again."

Sam stauns up.

"Ah'll go," he says. Noo, ma Sam's aw richt. Six fit three an could chap sticks wi his bare hauns nae bother. Bit he'll take a wee burd oot the cat's mooth an lit it go. Greets in a buckit whin there's a sloppy film oan TV. The richt kinna man Sam is an ah wisnae littin him git in bother fur a wee nyaff that widnae keek in his back poakit.

"You sit tae yer dinner," ah says. "Ah'll go."

Somethin smashes tae pieces is ah hop the fence atween the front paths. Bit whin he comes tae the door his face is aw nicey-nicey an plaistered wi a luk o obligin enquiry.

"Kin ah help ye, Mrs McGreegur?"

"Ye kin help me aw richt," says I. "Ye kin help me an ma Sam tae enjoy oor dinnur by lettin us huv it in peace, so ye kin. An ah'd like a wurd wi yer wife if ye'll jist tell hur it's me."

Bit he's quick.

"Sorry aboot the noise," he says. "Ma dinnur plate wis hoat an ah drapt it. Bit Netta's no feelin weel. She's huvin a lie doon. Ah'll tell hur ye wur here." Then he shuts the door, richt in ma face. Ah bang oan the knoaker again. This time his face isnae sae obligin.

"Ah'm no budgin till ah speak tae Netta," says I. "An if ye shut the door again ah'll git the polis tae come aboot the disturbance."

He luks at me. His wee piggy een huv goat chips o blue in thum. Oh, ah'm annoyin him aw richt but he's no waantin the polis at his door eethur. He turns his heid an shouts ben the hoose.

"It's Mrs McGreegur waantin tae ken ye're aw richt."

"Ah'm fine." Hur vice comes back, thin is a reed. Then, "It was Lazarus who climbed the tree." Her man's mooth twists doon at wan coarner an he pushes his face intae mine.

"Ye see," he sneers. "Normal is ever." Ah manage tae resist the temptation tae shuv the sneer doon his throat an go back hame. Ma dinnur tastes like cauld saun.

"It's him that's daft," ah say. Bit somethin isnae richt. Och, ah ken he's thumped hur. He's ayewis thumpin hur an it's quate enough next door noo. Bit somethin isnae richt. "It's they bloody vices," ah say. "If hur heid wisnae fu o them she'd mibbe git hur wits thegither enough as git oot." Sam gies ma haun a quick squeeze. He's aw richt, ma Sam. He's gittin ready tae go roon the road tae the Scout hut.

31

"Gordon hud his dinnur?" he asks.

"It's in the oven," ah tell him. "Think he's keepin oot yer road." Sam jist noads. It's somethin atween faithur an son. Somethin fur them tae settle.

Oneywey, Sam goes aff roon the road an he's no awa five meenuts whin the rammy starts up again. No shoutin this time. Jist the kinna bumps an bangs ye'd raither no hear whin ye stey next a man like that. An because ah've goat ma nose in a book efter ma dinnur so it's real quate this side, ah kin hear his vice growlin atween thumps. No hurs though. She nivir makes a soond whin he's it hur. No a squeak.

So ah phone the polis. Ah've done it afore. They come, they go. Nuthin ever happens. This time we're roon aboot question number seventeen an ma patience is strung oot that ticht ye could play tap C oan it whin somethin bumps against ma front door. Ah dive ower tae open it an Netta faws in against me. She's a mess, bleedin, an a wee ruckle o bones in ma airms. So ah draw hur in, loack the door an sit hur doon oan the sofa. Ah dinnae ken whither tae greet ur sweer. Ah go back tae the phone.

"Oaficer," ah say. "That surmise you sayd ah wis surmisin jist fell in ma door hauf deid. Ah need tae phone an ambulence noo."

Ah don't mind the polis really. Ah don't mind o thum ever bein oan the spoat whin some pair sod's goat a knife it his throat. Bit jist lit a tail licht flick aff an thur there, savin the nation, puen ye ower.

Ah go back tae Netta afore ah phone the ambulence. She's a mess richt enough, burst lip, bleedin nose, baith een bruised. There's a big purple graze oan hur leg an she's sittin there, shudderin wi heaves too big fur her wee thin frame tae contain, too faur gaun tae greet. Ah'm cleanin

32

hur face whin the "open up, it's the polis" knoak comes tae the door.

Twa fur the price o wan, as usual. Wan wi the questions an wan wi the een everywhaur, silent an supposed tae be intimidatin. Gie thum thur due, the wan wha's turn it is tae talk checks Netta ower richt awa. Pulse, quick luk it hur face, the state o hur, takin it aw in.

"Ambulence comin?" Ah noad. He gits hur name an address fae me then he squats doon oan his hunkers in front o hur an asks wan question.

"Kin ye tell me wha did this?"

Netta cannae speak. Then she coafs an mair blood trickles oot hur mooth.

"Wait for the bell," she says. The polisman luks it me, pintedly. He's bin here afore. Impittince is gaunnae choke me.

"Come oan, you ken wha did it," ah say. He shakes his heid.

"She's goat tae tell me." Then, "Unless you're a witness?"

Ma mooth opens tae gie him whit he needs. An ah tell him bit, even as ah'm tellin it, ah ken it's wastit braith. Whit dae ah ken. A black ee she nivir telt me aboot. Noises an shouts fae next door. Nuthun, that's whit ah ken. Nuthin.

The ambulence arrives then, lichts flashin, feet hurryin. Everythin buzzes it wance. They git Netta oan a streechur. Hur heid's limp noo, rollin aboot. Then, jist is they're gaun oot the door, *he* appears. The pitchur o innocence, aw concern.

"Ah seen the ambulence. Is awthing – " He comes tae an orchestratit stoap. Weel, disn't he suddenly recognise it's his ain wife oan the steechur. "Netta!" he gasps is the battered bundle is whisked aff doon the path. "Whit happened, whit – ?"

The polisman gits atween me an him is ah snarl somethin no quite foul enough tae describe whit he's up tae. Bit ah hear him.

"She went oot fur a walk, oaficer." Haltingly. "She hud a sair heid. Ah wis wunderin it hur bein sae long." Haud me doon, haud me back. The ambulence takes aff wi pair Netta oan hur ain, smashed up an helpless wi naebody tae sit worryin ower hur cause the yin that should is busy savin his ain lyin skin an ah'm walkin holes in ma carpet, spittin oot wurds ah nivir kent ah could say richt till this meenut.

If she hud been oot fur a walk this'd be the crime o the village, heidlines in the local paper: "*Brutal Assault – Chief Constable vows to catch thug responsible.*" Huh, ah could spit. Wunder if yon fitba player fancies the baseba bat in his face month efter month, year in year oot.

Wunner hoo long it'd take afore his brain turnt tae mush!

Oor Gordon slinks in the back door in the middle o this an catches some o the flak. He's aw richt though, oor Gordon. Fifteen an nearly is big is his dad. Jist like him, is weel. Kens ah'm only lettin the pressure aff. Ah tell him the remains o his dinnur's in the oven if he waants tae gie it a decent burial.

"Ah'm no hungry, Mam. Ah'll fix masell somethin efter." He goes by me, up the stair. The backside's hingin oot his jeans an ah'm aboot tae tell him he kin fix that an all whin it hits me. That awfy familiar rip ah huvnae seen fur years.

"Zacchaeus," ah say. He stoaps mid-stair an turns roon. His face is awfy white. "It wis Zacchaeus that climbed the tree." His face crumples.

"Ah seen it, Mam. Ah couldnae git doon the tree. He wis bashin hur heid aff the waw. An layin intae hur. Wi his fists. An his feet."

He's greetin an ah'm haudin him, shushin him like ah yaised tae whin he wis wee. Whin he's quaeter, ah start tae ask him whit he wis daen up the tree bit ah ken the answer. It's a guid place tae hide an ye kin see in the windae an ken whin yer Dad's awa tae the Scout hut withoot ye. Easier tae hide than say *Dad, ah dinnae waant tae go oneymair*. Bit Netta must hae seen him. The white face in the daurk branches. An she telt me. In hur ain queer wey, she hud telt me. Askin fur help.

"Ye huv tae tell yer Dad, son." ah say. "He'll lit ye be yer ain man. Bit you huv tae fund the courage tae say it." Ah send him tae waash his face. Then ah go next door.

He answers ma knoak. He's stull weerin his falseface, aw concern an peetyfu. Ah dinnae feel like hittin him oneymair. Jist contemptuous. Ah tell him it's the polis ah waant an the wan wha isnae talkin the day comes tae the door.

"See whin yer feenished takin doon the fairy story," ah say. "Ma son hus somethin tae tell ye."

Ah go tae the hoaspital efter. Netta luks better, nae blood. An worse, hur face purple, black an yella, misshaped wi wan ee a swollen, slantit slit. She haurly makes a bump in the bed. No the pickin o a sparra oan hur. An she's awa. Listenin tae vices in hur heid. Noo an again, answerin thum. Efter a while ah git up an go luk fur the doctur. He's young, fresh-faced an serious.

"Skull fracture, broken ribs, bruises, cuts and abrasions. It's bad. But it'll heal." He kens aboot the vices, hus jist filled oot details fur a psychiatric examination oan a caird he's haudin. "In a week or so," he says. He luks as if he's puzzled. "I know her," he says. "She was my teacher in High School. Maths. Then she got married. Had a lot of absences after that and one time, well, she just didn't come back." He smiles, kinna sheepish-like, an manages tae luk aboot the same age as oor Gordon. "I think she's talking to her students," he says.

Ah go back tae say cheerio tae Netta, the teechur wha mairrit a lorry driver an goat loast. Ah waant hur tae ken she's safe noo, that she kin be whit she waants tae be insteed o whit he makes o hur wi his fists an his tongue. Ah'm thinkin that she held oantae somethin that wis hurs wi they vices. That they ootwittit him in the end whin she lit me ken oor Gordon wis in the tree. Ah'm thinkin aboot Lazarus wha wisnae in the tree. Wha came back fae the deid.

Ah lean ower the bed. She's lukin straught it me.

"You really will have to work harder," she says. An the pupil o hur wan visible ee is a big black hole ah'm fawin intae.

ALISON KERMACK
A Wee Tatty

He goat the idea offy the telly. Heard oan the news this Chinese boy hud ritten 2000 characters oan a singul grainy rice. Well o coarse, he kidny rite Chinese an he dooted if thur wiz any rice in the hoose (unless mebby in the chinky cartons fi last nite). Butty liked the idea. Whit wi the asbestos fi wurk damajin his lungs an him oan the invalidity an that. Well. He hudda loatty time tay himsel an no much munny ti day anyhin wi it. Anny didny reckon he hud long tay go noo. It wid be nice, yi ken, jist tay day sumhin, tay leeve sumhin behind that peepul wid mebby notice. Jist a wee thing.

So wunce the bairnz wur offty skule an the wife wiz offty wurk, he cleared the kitchin table an hud a luke in the cubburds. Rite enuff, nay rice. He foond sum tattys but. Thottyd better scrub thum furst so he did. Then took thum back tay the table. He picked the smollist wun soze it wizny like he wiz cheatin too much, anny began tay rite oan it wi a byro.

He stied ther aw day. Kept on gawn, rackiniz brains an

37

straynin tay keepiz hand fi shaykin. Efter 7 oors o solid con-sen-tray-shun, he ran ooty space. Heed manijd tay rite 258 swayr wurds oan the wee tatty. He sat back tay huv a luke. Even tho heed scrubd it, it wiz still a bit durty-lukin an it wiz that fully ize yi kidny see the ritin very well. Bit still. He felt heed acheeved sumhin. He wiz fuckn nackert. He laydiz heed doon oan the table an fella sleep. He didny wake up.

When his wife goat back fi hur wurk she foond the boady lyin it the table. She gret a wee bit but theyd bin expectin it. She pickt him up an, strugglin under the wait, tryd tay shiftim inty the back bedroom. Haff way throo it goat tay much furrur an she hud tay leevim in the loabby til she goat a naybur tay helpur.

Wunce she goatim throo the back, she sat doon it the table an thot aboot how tay tell the bairnz. Mebby efter thur tea. Aw kryst, haff foar, she better pit the tea oan. Thursday so thur wizny much in the hoose. She noticed the tattys oan the table an thot it wiz nice o hur man tay scrub thum furrur. She chopped thum up an pit thum oan tay bile.

That nite, even tho the bairnz didny notice, the tiny drop o ink made the stovyz tayst that wee bit diffrint.

SANDY FENTON

Glory Hole

Gweed kens fa pit it in – ah weel, no, gweed kens an I ken, an it wisna me, but gin I tellt ye, some een mith get tae hear o't, an syne ere'd be ower mony maisters, as e taid said till e harra. Weel, there wis nae dogs an nae cats aboot e hoose, an nae ither kins o beas tae ait it, an ye couldna mak porrich or brose wi't – nae unless ye wis ready tae pick caff oot o yer chowdlers for e rest o e day. I niver speert far it cam fae, bit intill e glory hole it geed, a plastic baggie o bran that mith ay a come in handy for something.

It id been ere a lang time. A glory hole's nae a place ye min tae keep snod. If ye're needin something oot o e road, in it goes, an gey lucky if ony reddin up's deen eence a ear. Files I've gotten scunnert masel an I've teen oot e ironin byeurd, siveral pairs o sheen, boxes it hid been teemt bit niver trampit on an tied up for e scaffie, newspapers – God! newspapers, *Scotsmans*, wik-eyn *Observers*, a fyow aal *Sunday Times*, a pucklie *People's Journals* and *People's Freens* at hid got wachlet doon fae e Northeast, *Sunday Expresses* at e dother brocht roon fin she cam for er Sunday denner an didna ay min tae tak awa again, colour supplements, wifies' papers at tellt ye aa aboot Charles an Diane an geed ye yer horoscope as weel's e latest cure for breist cancer, nae tae spik o heapies o cut-oot re-sipes an squaars o faalt-oot sweetie papers an choclit wrappins – tinnies o pint an a baldie-heidit brush at noat a new wig, teem biscuit tins at some o e trock kidda been stappit intil, twa coal shovels in "perfeck condeetion" as ey say in e adverts, twa or three great big boxes o Ariel washin pooder, een o em half skailt ower e bit o aal linoleum at didna richt cover e fleer, fire irons on a cowpit imitation brass stand o best weddin present quality, a plastic pyock full o plastic pyocks, an, aye, bit e best bittie o aa, at wis e nyeuk I'd teen ower masel. I'd gotten haad o a timmer box, pat dowel rods intill't, up an doon an across, an made a fine rackie for e wine I bocht be e dizzen bottles fae ma freen Roddy, gettin a bittie off for bulk buyin. I likit e fite wines mair'n e reed, bit nae aabody his e same tastes so I ay tried tae cater for ither fowk tee.

Ah, weel, eence aathing wis oot ere wis a kinna teem stewy smell – funny, doonby here e fowk wid say "stoory", or raither "stooray" – bit I niver likit tae spile e wye I wis brocht up tae spik. I ken e wird "stoory" fine bit ye winna get me sayin't. An I winna say, "It'll no dae" fin I've aye said "it winna dee". E queer bittie o't is, it's ither wyes o spikkin in ma ain country I'd raither nae folla, though I scutter on fine wi ither fowks' languages. Even aifter gettin in e lang spoot o e Hoover, ye'd ay get that stewy kinna atmosphere, so naethin for't bit tae pit aathing back in again, or maistly aathing.

Though I used e glory hole for ma wine cellar it wisna aa that caal. Een o yon nicht-storage heaters wis in e passage aside e glory-hole door, though of coorse ye daardna turn't on in the summer. It wis bad enyeuch in e winter files makin sure e heat wis on. Never min at, though, it's nae winter I'm spikkin aboot.

Eeence e warmer days cam – is wis last ear – an ye could keep e back door open, I noticet a lot o little beasties comin in. Fin e licht geed on at nicht, cy'd bizz aboot it. Haad awa fae e bluebottles, though, naebody peyed ony attention till em. Noo an aan ye'd get a bite at raised an reedened e skin, bit ere wisna much o that. Its jist aboot e eyn o e simmer at ye daarna gang till e heid o e gairden for fear o gettin bitten. If ye pick a flooer or twa, or hae a hagger at e hedge, neesht mornin yer cweets'll be aa up, gey sair, an yer wrists, like enyeuch yer back an, warst o aa, in anaith e oxters. Fit ondeemous beasts is is ye canna ken cos ye canna see em, though ere mn be a lot aboot. Onywey, ey're amon e girse an e flooers an e leaves o e booch hodge, an ey bide ere as lang as ey're nae disturblt. I dinna even like tae cut e green at at time. Fin I div, nae tae be black-affrontit be e length o the foggage, ere's nae question bit fit it'll be intill e eyntment tin afore bedtime.

There cam a time fin I noticet ere wis an aafa lot o moths aboot e hoose. In e extension at e back, far ey cam in fae ootside, ere wis e odd mothie, sma eens wi licht broon wings. They took a fyow turns aboot e place, got a bit o a scaam on e electric licht bulbs, an syne they jist disappeared. I wisna botheret aboot e em. Bit in e wall o e stair, ere wis fit lookit like anither breed athegither. Ye'd notice em on e curtains o e stair-windae, an on e wa, an on e grey-pintit widden uprichts o e bannister, an some got intill e dinin-room, an e rooms up e stair. I happent tae mention is moths, an oh, they were jist normal for is time o ear. I didna jist agree, but ye niver won be conterin; aa e same, a fyow days later e plastic baggie wis haaled oot

41

o e glory hole. E plastic wis holet in a curn places, an ere wis nae doot it hid been a great hame for God kens foo mony maivs amon e bran, as lang's bran wis. But fit she took oot wis naething bit sids, as I saa fin I cairried it up till e heid o e gairden, an haavert e pyock wi ma knife tae let e birds an ony ither hungry craiters get at fit wis left. Ye ken, it lay for days an naething touched it. Ye'd a thocht there wis something queer aboot it. It wis e rain an e win in e eyn at did awa wi't, an maybe it wis o some eese for muck, though fit wi e big sycamore in ae nyeuk an a haathorn in e idder, there wisna air an licht eneuch for much in e wye o vegetables, an fither the kitchie-gairden bit got muckit or no made little odds.

Noo, is moths fae e brodmel in e glory hole wis big. They hid lang kinna bodies, an a rich, dark broon colour at fairly gart em stan oot on a licht wa. For a start ere wisna aa that mony, an though I k-nackit e odd een or twa on e wye up till e bathroom – they ay cam oot fin it wis jist comin on tae gloamin – I thocht little aboot it for a fyle.

In e middle o is, I got a fortnicht tae look aifter e place be masel, a job I ay likit, though I hid tae min tae keep tee wi fool socks an sarks an hankies, bit at didna hinner lang. I ay managed tae mak mait tae masel aa richt tee, an I could get vrocht awa at ma bitties o writin withoot e television dirlin in ma lug. I aften sat lang intil e evenin wi e back door open, lettin e air blaa aboot e place, an listenin till e chirps an fustles o the birds as ey sattled doon for e nicht. Be is time e cats at stravaigit aboot hid geen inside, nae forgettin e rent-a-cat at aften cam tae sleep in e hoose, an syne held on its roons. Gweed kens far it cam fae, bit it wis weel fed, an a freenly breet, an it wis ay a bit o company if ye noat that. It's a fine kinna time, e gloamin.

Ay fin I geed up e stair ere wis mair moths. I began tae

keep e kitchie door shut tae haad em oot o e sittin-room. Fin I pit on e passage licht, I'd look aroon an spot e broon shapies. At first it wisna sae hard tae connach em wi the pint o ma finger, an fin I'd cleared the stair as far as I cd judge, I'd hae a scan roon e spare room an ma ain bedroom. Half-a-dizzen wis a low coont, an even though the baggie at bred an maitit em wis gone, they seemed tae hae an aafa pooer o appearin. Fit wis mair, ye'd a thocht they kent ere wis something gettin at em, for aifter a fyow nichts they didna bide still in e wye o moths, but gin ye made a move they'd be up an awa. A lot o them got in till e heich bit o e ceilin, oot o ma reach. I took an aal paper, faalt it intill a cudgel an let lick at em wi at. Still there wis mair farrer up, an I'd tae start haivin e paper abeen ma heid fae a step on e stair tee till e riggin, an files I got een an files I didna. I'd finish up pechin, an aifter half-a-dizzen close misses ye'd fairly get yer dander up an start at em withoot takin richt time tae aim, an at's nae ma usual wye o workin. Anither queer thing: ony ye knockit aff eir perch wi e win o e paper wid wheel, wheel aboot yer heid, till ye begood tae be confoondit, an ye'd start haadin yer breath for fear o sookin een in. It didna maitter foo hard ye tried tae keep yer ee on em tae see far they'd licht, ey meeved at quick an quairt ye'd seen loase em.

Is geed on for a lot o nichts. Fin ye wis oot o e hoose be day ye'd think o em in e stair-wall, an tryin tae settle e question, I bocht some packets o Mothaks an sprayed em aboot e hoose, hingin em up amon claes, drappin em in ahin byeuks, layin em on shelves an peltin a hanfae intae the glory hole itsel till ye'd a thocht aa livin beas wid a smoored. Did it mak a difference? Did it hell. The moths dreeve on as afore, an I doot they startit tae spread mair aboot e hoose, for I got a fyow in e dinin-room.

Aifter a file I wis thinkin about em near aa e time. I geed roon ilky room mair'n twice a nicht, feelin ay mair like e Kommandant o e prison-camp at Belsen as I poppit een, syne anither against e wa. I wid dream aboot em. The first thing I did in e mornin wis tae see if I could spy oot ony o e buggers, afore I scrapit ma phisog an geed masel a gweed dicht doon wi saip an watter as I ay dee. I'd shak ma claes tae see if ony moths fell oot o em. I'd heist e valance o e bed – weel, it wisna a valance exactly, jist a cover at hung doon aa roon – tae see there wis neen there. At ma wirk in e office, or at meetins, nae maitter foo I wis catchet up in maitters o ootstandin importance (for e meenitie, onywey), ony dark spot aboot e place wid draa ma een an e thocht o moths wid flit throwe ma heid like e eident stabbin o a coorse conscience. An hame I'd gang an intae e slachter again.

I widda shut ma bedroom door, bit a wa-tae-wa carpet hid been laid, an ye'd a deen damage tryin tae reemish e door tee, an mair haalin't open again, so I jist left it open a crackie. It's fine tae streek yersel oot on yer bed if ye've been scoorin on aa day, an is nicht I wis glaid tae lie doon an steek ma een, though nae withoot a hinmist look aroon for ony o at naisty broon craiters. Nae sign o onything. Aa richt, let e inhibitions o e day slip, forget aboot is "ferocious work ethic" at Northeast bodies is blamet for haein, even if ey wirk in e sooth, stop thinkin, dream a bittie aboot yer freens, an aff ye go tae sleep.

Aye, I did. Bit I wisna athegither easy. There wis a droll kinna feelin in e air, an though I'd seen nae moths they werena aa at far oot o ma thochts. Ye ken at queer eemir a body gets intill files, fin e kinna slips oot o e clay mool, an floats aboot lookin doon at imsel, hooseless in a wye, bit tied tae the bleed an muscle an been tee? Weel, at wis e wye o't at nicht. I cd see e room fine, an e bed, an me on't. An throwe e crack in e door cam a fyow broon bodies. They begood tae swarm like bees, ay mair comin in, an niver a soon fae ony o em, keepin in a ticht, roon ba, maybe nae aa at ticht for ye cd see throwe't, bit still it wis a gey solid like collection.

I'm een o is fowk at likes tae start sleepin flat on their stamach, ae airm stracht doon, e ither at an angle, an ma nieve steekit aside ma chin. Though I start at wye, I've aye noticet at be mornin, I'm ower clean e conter road, flat on ma back, wi ma hans up tae ma kist like a corp waitin fir e trump tae soon. As lang's I wis on ma face, the moths jist hoveret, e hale birn swayin back an fore a bit, bit ere wisna a lot o meevement, at least neen ye could jist see, though their wings mn a been wafflin up an doon jist eneuch tae haad em floatin. I meeved fae e richt tae e left side, swappin airms, bit e pilla wis a bittie heich or aan e cover wis lirkit, I dinna ken fit, it wisna richt comfortable, sae I furled roon wi ma face oot abeen e blankets, took a deep breath or twa, syne sattled doon again.

Noo e swarm cam tae life. It drifted ower jist abeen ma face. For aa at ye'd ken, it startit tae split up, till ye cd see twa sma pucklies an a big een. They come hoverin ower's an as I breathed oot they raise a bittie, an as I breathed in they cam a bittie closer, like a balloon balanced on e tap o an updracht. Is geed on for a wee fylie. Syne, in is aafa quairtness, ma mou opent a bit as a sleepin man's mou dis. Wi at, e moths meeved. The twa sma pucklies geed for ma nose, an the bigger een for ma mou, a kinna cheenge o a glory hole. Some stray eens geed on fleein, back an fore. I shut ma mou, bit e moths were in. I sookit air throwe ma nose, bit hit wis blockit, an drawin in blockit it mair. I tried tae hoast, bit ma throat wis steekit an fecht as I likit

45

nae breath cd I get. In a meenit or twa ma nieves losent. Ma een had niver opent an they niver wid. The fyow moths left hoveret a meenitie mair, syne vanished fae sicht. Fae the bed, there wis nae meevement. Fae the left-han wick o ma mou cam a thin trail o broon stuff, like e slivers at ran doon e chin o aal Hatton at hame, fin e came tae help ma fadder tae brak muck, aye cha-chaain at eez tebacca, an ere wis a sprinklin o darker specks tee.

Fin I wakent e neesht mornin, there wis a wet spot aside ma heid on e pilla. Bit there wis nae sign o moths aifter at, it wis jist a clean toon. A lot o months later, I wis kirnin amon cardboord boxes an books in een o e rooms, knockin aff stew, an gien some files o paperies a dunt on e fleer. Fit fell oot o een bit a moth-grub, fite wi a black neb, an e biggest I've ivver seen. Ere's an aafa books an papers aboot e hoose. An aa this wa-tae-wa carpets, ye canna see fit's in anaith. An e glory hole's as fu as ivver it wis, an e smell o Mothaks his worn aff. I'm nae lookin forrit tae simmer.

Guid Ti His Ain

When Wullie Pitblado blinked his wattery een the Devil was aye there yet.

"So then, Wullie," he whispert, leanin ower ti him fae the chair, "whit aboot it then, eh? Juist wan, sma, wee favour for me . . . juist wan, sma, wee loup oot the windae and Ah'll be in yer debt forivir. . . ."

It was fower o' clock in the mornin and the flat was as mirk as inben a kist, as quiet as a kirkyaird forby. Wullie fund hissel heezin up aff his hunkers fae the settee. He walked ower ti the windae like a man in a dwalm. He nivir kent that he kicked ower the lees o the Buckfast, he nivir felt his fit crunch on the tablets skailed fae the hauf-empty bottle on the flair. He undid the sneck and leaned oot. A breith o wind was cauld on his foreheid and he mindit. . . . The Dockyaird had shut doon. They had gien him a fair-sized pay-aff; it had seemed a muckle enough lump at the time. Syne there had ayeways been talk: a business; a shop; him and the wife settin oot on their ain. Whaur had aw that gaun ti? Whaur was that dream noo? When had they baith lost it? Efter they cam back fae the holiday? They had duin away O.K. for a while, even when he coudnae get a new start. Then the wife went oot cleanin in a primary school. Even then there werenae ony rows – no even the day she cam hame ti lift her stuff. Wullie mindit the nicht she had got aw dolled up ti gan ti the club wi the ither cleaners. That was the nicht she met the fancy man, the bastard. . . . How lang efter that had she left him? He couldnae mind.

"It's time noo, Wullie," whispert the Dark Man.

And whit aboot him? Wullie shuddered. It must hae been the back o wan he had swallied hauf the tablets. He had been fu and at the greetan stage, faur mair addled than he was even noo. In wan final fuck-it he had drank them doon wi the cough mixture wine, jaloosin nae waukenin, expectin an oblivion faur better than the gloamin waukrife dream he passed his days in. When he cam ti, the Dark Man was wi him in the flat. He had been feard. "Dinnae be feard, Wullie," the Dark Man had said ti him, "you and me are baith in the same boat." Syne he had offered him the pairtnership. His words had been like a drug. He couldnae understaund the hauf o whit he tellt him but deep in his sowel ivry word rang true, enlichtenin and dumbfounerin wi ilka syllable. He shook his heid in the cauld and ettled ti mind. Wullie was on the ledge noo. He didnae ken how he had passed through the gless. He could hear the flappin and souch o the bin-liners on the pavement fower flairs doon.

Him and the Dark Man had sat ben thonder as unco sib-like as the confessional. "Wullie, Ah'll tell ye this . . . don't listen ti the Christians, son. Christians? Don't make me laugh! Fair enough, they flung me oot at the start, they relegated me ti time and space. Ah was tryin ti introduce a wee bit democracy up there like . . . ye ken whit Ah mean? Fair enough, Ah've duin wan or twa wee things Ah'm no that prood o noo . . . for a while back it was oot o spite, tryin ti get ma ain back but. Ah've knocked that on the heid though, Ah've cleaned up ma act.

"See Hitler? Pol Pot, Vlad the Impaler. . . . Ah got the blame for that. Nane o ma daeins. That's mankind, that is . . . Ah couldnae compete in that league. See Hell? It's cauld, cauld and empty. Naebidy's turned up in aw the millenium. You think Ah'm efter your sowel, don't ye? Ah'm nut interestit, Wullie. Stuff it. Ah'm efter a blether, companionship, get it aff ma chist . . . deals, bargains, I cannae be roastit wi them. Hell, Wullie, Ah'm even gaunnae be guid for a change. Stick it right up them, Ah will. Ah'll work for the common guid. Ah'll bugger up the system. They'll beg me ti cam back."

Syne the pairtnership was offered ti Wullie. They would work thegither. They would set up a business. They would stick it right up them. "Loup oot the windae, Wullie. Dae it for me. Ye were gaunnae commit sideyways onywey. Ah'll catch ye, Wullie, afore yer bones crunch on the pavement. Ah'll save a sowel fae despair. Ah'll lift ye up like Lazarus . . ." Wullie stood on the ledge, his hert thrummlin. He blinked his wattery een.

SHEILA DOUGLAS

The Hamecomin

The overnight bus decanted Al and his luggage at the foot of the Horse statue in the High Street, where he stood blinking in the early morning greyness like an astronaut who had just landed on the moon. He couldn't have felt more of a stranger there, thousands of miles away from the familiar skyscrapers and crowded streets of Toronto, yet this was his home.

He looked up at the figure of the man on horseback, bearing the tattered standard, a ghost from the past, and reflected that he might just as well be thousands of miles away as well, for all the relevance he seemed to have to the here and now. "*You* were actually glad to get back here," he reflected. "Not like me at all."

When he'd fallen out with the old man more than ten years before, he'd taken a job in Canada and honestly thought he'd never set foot in Hawick again. But here he was and, worst of all, only a few days before the Common Riding, the part of his past life he never wished to live through again: especially the last one, the occasion of the worst quarrel with his father, the day he lost his girl and all the honey of life turned to gall, amid all the surge of warm feelings around him, the crowds, the horses, the flags and himself outside it all, not part of it. The memories were too bitter.

So why had he come back? That was something else that was hard to think about. Only a month ago his brother Rob's letter arrived with its harsh news: their mother had been diagnosed as suffering from inoperable cancer and had been given only a short time to live. If he wanted to see her, he'd better not waste any time. Al had loved his mother with a fierce, unspoken love and she was the only one he'd really missed, although he'd have been loth to admit it. "I'll be over as soon as I can make arrangements to have my affairs looked after," he promised on the phone.

"Aye, aye," said Rob, who had an awesome idea of his brother's business responsibilities. "Ee canna jist drop aathing an rin."

If only Rob knew! Al's electronic business, like his marriage, had disintegrated the year before, washed away in a flood of alcohol. The reason he wanted to play for time, was to make sure he'd really dried out. The Forrester Centre had been an enormous help, but Al felt it was early days to try out his new-found sobriety, in what he remembered as a fairly hard-drinking neck of the woods, particularly at this time of the year. He'd actually forgotten about the date of the Common Riding until Rob reminded him and by then he'd booked his flight. Fate seemed to be conspiring to put him to the test.

He was in no hurry now to phone Rob to fetch him up to the farm. He sat down on a bench in a little paved area off the deserted street, lit a cigarette and contemplated again the victor of Hornshole on his exhausted horse. Strange how the memory of a victory could bring tears. Into his mind came the half-forgotten strains of the lament for Flodden:

The flooers o the forest are aa wede awa.

How they loved to relive the past, these people he'd grown up amongst, and what a hell of a grim past it was! No good old days in the Borders. He'd been glad to get away from that as much as from his father's thrawn intransigence. Now here it was again, confronting him.

As he sat there, the town was beginning to waken to the early morning: a few people began to walk past on their way to work; a milk float clattered its bottles; paper boys sped by on bikes; cleaning ladies went by in twos, laughing stridently. Then he saw a dumpy woman, walking a dog, stop and try to light a cigarette from a lighter that wouldn't work. She wore a grey cotton jacket and a tired yellow headscarf, her feet in cheap sandals. Al automatically got up and flicked his own lighter, and she raised a tired expressionless face to him. "Thenks," she said, and lit her cigarette before walking on.

Al looked after her without much interest, for she was hardly worth a second glance, when she stopped to look back along the street, not at him, but at something else. Her profile stirred his memory. He'd a feeling he'd known her once. Before he could dredge up a name to go with the face, she was on her way again. No doubt there'd be many faces he'd see like this, that belonged to the old days, drab, dour faces maybe he'd been glad to forget. A clock chimed nearby and he thought he'd better phone the farm. Rob would have been up for at least two hours by now. He found a phone box and felt strange dialling the number without the international code before it.

"Hirselfit," came Rob's voice on the line, a strong Border voice.

"Rob?"

"Aye. Is't yow, Sandy?" Rob still used the name Al had grown up with, but discarded in the city across the Atlantic, where he thought it made him sound like a hayseed and also tended to attract other expatriate Scots, whose acquaintance he'd no desire to cultivate. "Whaur ir ee?"

"In the town," replied Al. To everyone in the area that meant Hawick. "By the statue," he added.

"Did ee faa oot o the sky?" asked Rob in amazement. He'd been expecting to drive to Glasgow Airport to meet Al's flight from London.

"No, no. I took an overnight bus."

Rob was even more nonplussed. Why should Sandy, who could well afford it, choose not to fly from Heathrow? "Weel, jist haud on. A'll be doon for ee in haf an oor."

Al replaced the receiver and went back to his bench, a little reassured. There'd been no hint of hostility in his brother's voice, no hidden resentment – because Rob had never understood Al's antagonism to his father – just a straightforward acceptance of the fact that he was there. He should have known that Rob would be above the narrow-mindedness that had caused his father's enmity. The old man had just wanted things to go on the same way forever, and be done as they had always been done by the same people for the same reasons. He couldn't see that it just wasn't possible. Al didn't want to be a sheep-farmer and wasn't prepared to shackle himself to that way of life when it wasn't his choice, and his father couldn't understand that. More than anything it was the quarrel with his father that had made him hate the Common Riding, because it also sought to perpetuate the past. Even with his father three years dead the hatred still rankled. He wished he could have come home at any other time of year but this.

Hawick was now humming with life around him and he was being eyed curiously by some passers-by for his smart luggage and his fine city suit.

"Hey mister," called one wee lad in a Ninja turtle tee-shirt, "ir ee a Yank?"

"Nope."

"Ir ee an Aussie?"

"Definitely not."

"Where ir ee fae then?"

Al looked down at the cheeky face and grinned. "Believe it or not," he said, "son, I'm a Hawick callant."

The boy made a derisive noise. "Leyin bugger!" he shouted, aiming a kick at one of Al's expensive leather cases as he ran off. Al laughed ruefully. How could he feel annoyed at the boy, when he'd spent the last ten years trying to forget he'd ever seen the place. He didn't look or sound as if he belonged there. He deserved the insult.

Minutes later a landrover drew up and Rob leapt out, taller and broader than ever, tanned and moustached just like the old man. He grasped Al's hand in a crushing grip and slapped his shoulder with the other hand, nearly felling him.

"Sandy, man, it's guid ti sei ee!" he cried; then, staring at his brother's face, he added, "But what ails ee? Ee're lookin puirly!"

Boozing and the break with Marianne had left their mark on him but he didn't want to let Rob know all that.

"Bitch of a journey," he said. "I'll feel better tomorrow."

"What in hell possessed ee ti come bi bus?" Rob wanted to know. "Ee could easy hev flown ti Glasgow or Edinburgh an A'd hev met ee."

"I know. I – had business in London and it was handy for the coach station." Al lied without batting an eyelid. It was a habit he'd had to acquire. He couldn't tell Rob he'd taken the bus to save money. Rob was under the impression that he was stinking rich. Well, he had been for a few years, but that was over now.

Rob put the cases in the back of the landrover, running an admiring hand over the smooth leather. "Best o stuff Sandy, eh?"

Al nodded and climbed into the passenger seat and soon they were speeding out of the town, into the bare, rolling hills.

There was something about the Newcastleton road that had always got to Al, a feeling that there was a lot there below the surface that was not seen or heard but nevertheless exerted an influence. He had never been able to describe it or identify it, but now it seemed crystal-clear to him. Perhaps it was because he was now like the road, as he got nearer his old home, with a lot of things scarring his inner self, despite the outward appearance. Rob had spotted this. He hoped to God his mother wouldn't. But that was what was wrong with the road: spectres from the dark and bloody past haunted every inch of it.

"How's mother?" he asked, as the landrover negotiated a hump-backed bridge over a pebbly stream.

Rob shrugged. "Guid days and bad days," he replied. "Ee'll sei an awfi change in her." He wrenched the gear lever savagely to hide his anger. Al understood. Why

55

should a woman who'd worked hard all her life for her family, toiled on the hill at lambing and dug sheep out of the snow in winter, be struck down in this way? His heart was filled with dread as they approached the steading.

The farm hadn't changed at all while he'd been away, although to Al it looked much smaller than he remembered it. Living among the multi-storey blocks of Toronto had altered the scale of his vision. The landrover rattled into the yard and stopped. Al followed Rob into the kitchen, where their mother sat by the fire, happed in a warm quilt, looking heart-stoppingly pale and thin, with a tremulous smile that spilled over into tears.

"Sandy, son!" was all she said. He had to bend over to kiss her and clasp her bony hand, on which there seemed to be no flesh left. In the old days she would have been up and putting on the kettle for tea with scones she had just baked. "Ee've come hyim ti ride the Common!" she whispered rapturously. Al looked at Rob, but guessed from the fierce warning in his eyes that this was the charade he had to play. He smiled and nodded and stroked her hand, not knowing what to say next.

Rob's wife May bustled in from the scullery with a tray piled high with home-baking and a shining silver teapot. "Ee'll be ready for this, Sandy," she laughed, as she got the cups and saucers from the dresser.

Al had to admit the smell of home-made bread and pancakes was irresistible. May shook his hand warmly and touched his cheek with hers. "Oo're glad ti sei ee!" she told him. "Ee've been away owre lang!"

Rob was at his cabinet, taking out the whisky bottle. "A dram, Sandy." It was a statement, not a question. The crunch had arrived.

"Not for me, thanks, Rob."

"Eh?" Rob couldn't believe his ears. "Sorry, Sandy, what did ee say?" In spite of himself he was nettled. "I said, not for me, thanks. I don't drink any more."

"Dinna – ?" Rob stood, bottle in one hand, glass in the other. "Is't the truth ee're tellin iz?"

"It is."

"Bloody hell!" exclaimed Rob. "Nae wonder ee're luikin sae puirly."

Al nearly laughed at the irony of this. He'd looked a lot more poorly before he kicked the habit. But Rob would never understand that in a hundred years. "These pancakes are great!" he told May by way of diversion. Rob sat down and sipped his dram, trying to work out what had happened to his brother.

"And how's eer wife keepin, Sandy?" asked May, as she refilled his teacup, her bright voice wounding him like a knife.

"Oh, she's quite well," he replied, not looking at her, realising that it was going to be hard to keep up the evasive answers in the face of this warm directness. Lies and secrecy had never played a part in his family's life: blazing rows and confrontations, yes, but they never hid things from one another.

"An the bairns?" smiled his mother eagerly. "Ir they weel? Hae ee ony ither photies o thum, Sandy?" Round the walls hung the family pictures, including his own wedding photograph and one of his children taken five years ago. The children were now with Marianne. He hadn't seen them for several months because of his spell in the clinic. "They're doing fine," he assured her, and took out his wallet where he kept their photographs. His mother seized on them avidly and looked at them for a long time. "Jamie looks like yow," she commented, "but

57

Christina's like her mother."

Although she's never seen them, she knows them, their names and their faces, he reflected. They mean a lot to her, her grandchildren.

"I wush they were here wi ee," she sighed.

Al said nothing, but found himself wishing the same. But he wasn't fit, Marianne had told him, wasn't fit to be a father.

"What about your two?" he asked Rob. They'd been born before he left, a sturdy pair of boys.

"Threi," grinned Rob proudly. "Mind oo hed another yin? Hei's caaed efter yow."

Al's conscience smote him. How could he forget? Young Sandy would be seven now.

"They'll be back fae the schule later on. On the bus, mind?"

Al remembered the rattly old school bus, threading the hill roads, sun or snow, with the noisy bunch of country bairns. These were happy memories but they gave him as much if not more pain than the sad ones. All of a sudden he couldn't stand the room any longer, the claustrophobic family circle, his mother's wasted face, the questions, the photographs. He rose to his feet. "I think I'll go for a walk up the hill," he announced.

Rob and May exchanged a glance of delight. They obviously thought he was keen to see the place again, tread the old paths and look over the flocks at pasture. All he wanted was to get away from them.

"A'll pit eer cases in eer room," called Rob after him. "It's aye there yet, ee ken!"

That's just what he was afraid of.

Al took the winding path that led up to the rocky outcrop

they used to call the Spy Rock, because it looked out over the whole valley. They could see people coming on the road from either direction and they could also look to the back of the hill. Al sat down on it as he'd often used to do as a boy, and for a few moments it was as if time stood still. Nothing seemed changed, until he looked across the valley and saw the black blight spread across the hills: sitka spruces in their thousands, planted in huge square blocks, disfigured the green rolling slopes. Down below him he saw the head waters of the Liddle reduced to a trickle, limping down the valley among what at one time had been underwater rocks, now exposed like bald heads to show how the stream had shrunk, robbed of its life by the thirsty plantations.

"Fine day," said a voice at his back, and looking round he recognised, almost in disbelief, the tall erect figure of Henry Wilson, his father's old shepherd, stick in hand and dog at heel, looking at him sternly.

"Henry!" he exclaimed in surprise, for he hadn't expected him to be still living.

The craggy face broke into a smile. "I didna ken ee, Sandy," he said. "When was't ee came?"

"Hardly an hour ago," Al told him.

Henry grunted and pulled on his pipe. He never had much to say, but when he did it was usually to some effect. Never use a dozen words when two will do, was his motto.

"How old are you now, Henry?" Al couldn't help asking, for the shepherd had seemed quite elderly to him even when he was a child.

"I'm eyty-twae," was the reply, without a hint of either boast or complaint.

"You should be retired, surely?" Al said in wonder.

"How? There's naethin wrang wi iz," retorted Henry. Al looked at his strong frame, healthy face and long-striding legs, and had to admit that a lifetime on the hill did not seem to have taken its toll of him, as he'd seen life in the city do to men twenty years younger. Suddenly he wanted to confide in this ageless man – like a rock that weathered all the storms – and speak of all the things he couldn't mention down there in the farm kitchen, where all the warmth of family, the imminence of death and his mother's unbearable smile seemed to call in question so many things.

"Henry," he began. But then he couldn't find the words to go on.

"Ee'll hev a lot ti think aboot," said Henry, almost as if reading his mind. "Tak eer time. It's no an easy raw for ee ti hoe." Al realised that he didn't need to tell Henry anything, explain anything. He began to understand a remark he'd heard years ago, maybe from his father, that you couldn't spend your years on the hill without learning wisdom. "Tak eer time," repeated Henry. "Sei yon stream doon there." He pointed with the stem of his pipe to the struggling Liddle Water. "It wis greed that dune that an aa. It hez a gey hard time gettin doon ti the Holm. But it gets there. Mind ee, it needs the Hermitage Witter ti help eet on, like. Aye, it'll be aye here efter we're weel away."

As they stuid there quate like twa auld freens, Al refleckit on whit the herd had said an ferlied at his smeddum. It wis like a draucht frae a spring well efter the wershness o the life he'd left ahint in Toronto, the jiggery-pokery an the preisures he'd tholed for sae lang. Mair's the peety he'd tane the wrang gait oot there. For the first time, he wis gled he'd had jist eneuch siller ti traivel hame.

"Thanks, Henry," he said, at the feenish, "I'll need ti

be away doun, noo."

Henry noddit an strade awa, wi the lang, rollin herd's gait, whusslin on his dug as he gaed awa ti tent his yowes.

Al gaed back doun the track ti the ferm, hummin an air he couldnae pit name til, but efter a few meenits he lauched as it cam ti him whit it wis – the auld Common Riding sang that steered the bluid o Hawick men:

> *Teribus and Teriodin*
> *We will up and ride the Common*

Whit in creation had brocht that ti mind?

When he cam ti the kitchen door May's voice caaed oot, "Rob, ir ee there?"

"No," he answert, gey near withoot thinkin. "It's Sandy."

He went ben the room ti fin his guid-sister wi the district nurse, red-heidit ablow her blue cep an a face that brocht back the past in a bleeze. Isobel Elliot – her name wis in his mou jist as if he'd never forgotten it.

It wis an unco thing but the sicht o her an the memories didnae seem ti hurt noo.

"Hallo, Sandy," she smilit, as if it wis nae mair than ten days instead o ten years sin they'd seen ane anither. "A'm sorry A wisnae right wakin when A seen ee in the toon."

"Sorry?" He wis slow in the uptak.

"It wis yow, wis eet no, that gien iz a light? A wis walkin the dog in the High Street."

"Wis it yow, then?" He wis thunnerstruck. He'd seen his childhood sweethairt an thocht it wis some dreich, ill-faured, nameless woman he micht hae seen somewhaur afore. Whit wis wrang wi him?

"A'm no at my best early in the mornin," she chirmed.

61

May didnae jine in the joke. Her face wis wan an dowie.

"Sandy," she said. "Mum's gey hard up. She'll hev ti gaun ti the hospital."

"When did it happen?" Sandy wis bumbazed. He'd been up the hill for nae mair nor an oor.

"Oh, she can take a bad turn gey quick," May said. "She's been hingin on jist ti see ee. Now ee're here, she's happy."

They gaed intil the bedroom whaur his mother as white as the bedsheets unner the blue quilt.

"She's hed her pills, an the doctor'll gie her an injection. She's in nae pain. The ambulance'll no be lang."

Luikin doun at her face, he kent she wis deein. A terrible knot o dule fankled his kist, forcin oot his braith. Toronto seemed no jist thoosans, but millions o miles away fae him noo.

BRENT HODGSON

King Lear Gives an Exclusive Interview to a Newspaper Reporter

One week bygane I interviewed King Lear in his cooncil house twa mile distant frae the Toun Ha of Ayr. His appearance these days is nocht a majestic sicht. His diet is badly; he subsists on tea an toast, the diet the like of the unemployed fowk drooping in the toun of Ayr. As he wis yince michty awner of the Lans of Alba an of aw its riches, the Depairtment of Social Security haes disallowed the claim of the white-bairded King fir Income Support.

He wis courteous whan I called at his dwalling place – he walcumed me an invited me tae sit by the ingle. On the fire bleezed bits of timmer pallets. These he haid obtained illegally but I um uphauding no tae broadcast the source of the supply of the items. He gashed coherently on monie topics thou I detected much sadness whaniver the topic of the "market place" wis broached.

I sterted the interview wi a simple quaisteen: – "Are you a loon, King Lear?"

He replied, "At an industrial wurkshop in the cauld seaside toun of Girvan, I did invent a Mobile Kitchen

Chair. A multi-national company wi its HQ in Kobe, Japan, promised unlimited capital in the form of siller tae stert up a productioun line, but than the fluctuatiouns of the Portuguese escudos on the London Stock Exchange an the discovery of a warehouse fou of unselt Russian rocket launchers in the suburbs of Nelson, New Zealand, caused a re-appraisal of the company's lang-term strategies in the field of Kitchen Chairs of the mobile kind, an ither luxury items as you can eemagine."

"The fankled topics of mobility an the investment of liquid funds by maisters of the airt of real-time account-ing, seem tae be uppermaist in yer mind: is that suppositioun correct, may I ask?"

"Are you referring tae the motor car, Young Man?"

"Ay! The motor car."

Lear at this impasse displayed a noble sense of congru-ity an set forth tae entertain me wi a tale concerning the motor car: –

"I yuised tae awn ane American car; the Buick Floating Six Tourer. Losh! The engine wis smooth. Mobility an the rural delights of sleepy Fife wur available tae masel an ma dochters three in nummer.

" 'We are Princesses Three In Nummer' thae wud sing alood as we brushed the hedgerows of Cupar an Methil. Happy days! Than a motorway wis biggit an ma Buick cudna attain the speed of 110 mph . . . ."

"Naither cud the mastodon," I interjected.

"I niver gat roun tae driving wan of thae," snapped King Lear, who resumed his tale. "Ma eldest dochter persuadit me tae buy a Hillman Imp car, made in Linwood by a platoon of overalled punters."

"An whit did yer three dochters sing than?" I asked.

Lear wis silent a meenit.

"Thae sang 'Oor Faither Is a Road Hog' if ma mind sers me richt."

"You haid monie a stushie wi yer youngest dochter according tae historical records. Is that trew, or is it yit anither example of the ability of newspaper reporters tae manufacture entirely fictitious reports on the lives of men of main?" I addressed the regal person sitting at the ingle, chowing an unbuttered slice of brunt breid.

Lear drapped his fude tae the bare flairboards. "Cordelia fell in luve wi an organic dairy fairmer, a citizen of Normandy. I counselled her: the Frainche Citroen 2CV is an inferior sort of vehicle compared tae the grace an pace of the Scottish Imp but did she listen? 'Ma hurdies are destined tae sit in the removable picnic seat of the Citroen 2CV,' she cooed."

The auld man paused, leaving me time tae remark, "Yer tale is fou of wae."

"You havna heard the warst of hit," he warned me. "I gat caucht driving alang the M9 in ma Imp at 150 mph."

I said in a mood of confidence, "A Citroen 2CV cudna dae that."

"Whit? Drive alang the M9? In coorse it cudna," agreed King Lear, retrieving his slice of breid.

I poured intae his chipped caup a dreg of peelie-wally tea, an urged him tae continue wi his story.

"Cordelia returned frae France wi her gums bleeding – she haid attempted tae chow lang sticks of breid. Tae ma great castle at Edinburgh she cam an devoted hersel tae her faither. Nicht eftir nicht we drove the leafy lanes of the Border kintra nae matter the state of the wather. Cordelia sat ahin the steering-wheel of the Imp, her left haun constantly changing gear. . . . Yin rooky nicht of March we stapped at the chippie in Berwick tae purchase a fush

65

supper whan lo an behauld if a Saxon thane didna cum merching cross the meedow. We thoucht he wis gaeing tae Evensang at All Hallows Church but he wisna . . . . He tappit the car windae.

" 'Can you gie me a cairry?' he asked. His airm wis damaged. 'I wis a-walking wi a lass in the wid yonder whan I tripped on the entrance tae a brock's sett, noo ma airm is hurtit,' that's whit he said. 'Can you drap me aff at New Cassil?' he requested. 'I've gat freens theer,' an sae he haid, hunners of thaim aw speaking a Germanic leid wi the strang verbs divided intae seeven classes an the waik verbs intae three classes."

"Did the Saxon reward you fir yer kindness?" I speired.

"Certainly. I stull hae his gift."

King Lear drew apairt his purpie robe an attached tae his braid leather belt, hinging on a chain, I saw dangling a shiny objeck: a spang-new petrol cap fir a 1963 Hillman Imp.

Ma interview wis interrupted at this point: somewan skarted at the back door; somewan or something possessing a claw.

I wis fraught wi fear.

Lear lifted the sneck an lat in Puir Tam.

In his jaws Puir Tam haudit ae shilpit broun rabbit, the cratur midriff-gript.

The tom cat released the rabbit an in daeing sae, the prood hunter regained his normal heicht.

"Hae you a bottil of broun stout on you?" said Lear smairtly.

I made a pact wi the eild King; nae wurd wud pass frae ma lips on the source of his heating requirements, an na wurd wud pass frae his lips tae ma Editor on the contents

66

of ma littil sack.

While Lear wis busy cleaning a cast-airn pot, I delved deeper intae the fate of his ither twa dochters. "How are yer dochters Vegan an Bonneville these days?" I ventured, keen tae fill ma note buik.

Lear luikt puzzled. He avoided answering ma probe. Insteid he cracked a forder episode of his life in which his foppish dochter Cordelia et a dessert: –

"Oor nicht-time rammlings in the Coventry Climax rear-engined car wis broucht tae the attentioun of the Lothian Constabulary. I wis chairged wi excessive consumptioun of the volatile hydrocarbon fossil-fuel kent tae the Chief Constable as 'petrol'. A jury of naig riders belanging tae the Cramond Beach Pony Club foon me guilty."

"Corruptioun in that place!" I erupted.

Lear repeated tae hissel ma ootburst. "I like yer speech," he complimented me.

Apon seeing that the rabbit wis of a maity substance being bereaved of its broun fur, he laid the nakit baist in a pot in which watter wis a-boiling. Ontae the fire wint the pot an intae the pot wint the contents of the broun stout bottil an intae the pot wint a pickle of carrot; the carrot he borrowed frae his nixt-door neibour.

"Sall I sprinkle a clutch of marjoram amang the ingredients?" wunnered Lear.

I replied, "Na, ma harns is in fine fettle."

"If that is trew, tell me, whit wur we gabbing on?"

"You mentioned yer picture wis sent faur an near, an the horsey nobs of Cramond."

"Nobs! Alack! My realm, including the Lans of Alba, wis given owre tae the stewardship of ma twa dochters Vegan an Bonneville. The tyres of ma wee sports car wur deflated. Ma grand castle wis stripped of its treesures by the Vandals of Bathgate. Cordelia an I becam hameless. We wandered the Coombes of Devon. The Glens of Carrick. The Tors of Somerset. The Rhondda Vales. The Downs of Sussex. The Saxon thane wham we haid befreended wis awa frae oor shores. He haid gane tae veesit his kinsfowk in Leipzig.

"Yin day near Peebles a craw-keeper pinted the way tae ae cot hoose that wis tume. We waitit till the fall of nicht an creepit in."

King Lear gestured as I sat on his kitchen chair, screiving wi ma pencil verbatim, an he said tae me, "I dae advise that you tak this note."

I assured him that I wis ae Greek emmerteen labouring in the simmer.

"Are you a sap?" laucht the King.

"Wheesht! I um a newspaper reporter."

"I enjoy the odd pun," said he.

"An sae dae I," said I, "especially a Chelsea Bun wi a dusting of cinammon an lots of juicy currans inowre hit."

He runkled his broo at ma announcement. "Sall I gae on?"

"You slid intae the cot . . ."

"Cordelia an I cooried thegither unner the twisted beams of Pentland aik. Oor shooders shuk – the nicht wis freezing. In ma tortured sleeplessness, I felt a haun titch ma shooder. A mute knave beckoned us. We followed him. He led us tae a park. The park wis derk an silent. I seed wee specks of licht, eneuch fir ma feeble een tae discern a mercat stall. We approached the stall. On the board, saft white cheese fir sale. 'I snowk evil bacteria,' I apprised Cordelia. She boucht a poun of the white sweet cheese. It wis a dessert cheese flavoured by three fruits; of aipple, of ploom an of the golden peer. She et it. She swooned, an in ma airms she died."

"But cheese is rich in calcium an protein an a range of saturated an unsaturated fatty acids," I toll the King.

"The stall-holder wis nane ither than the weird Norman, Cordelia's former man. His full-fat organic dessert cheese wis made of unpasteurised milk; the milk hame tae billions of Streptococcus pyogenes, hemolytic streptococci an Streptococcus faecalis bacteria."

I sat, owre stounned tae speak. Ma tears wur weet. On the fire, the denner wis a-reeking. In a cooncil hoose twa mile distant frae the Toun Ha of Ayr, I glisked at the man wi frosty pow clad in clarty robes; his onlie companion in the warld, a tom cat.

"Theer is a lesson tae be learnt," I said sherply.

"You are richt, Young Man," reflected King Lear. "Niver buy a dessert cheese frae a mercat stall onless the neem of the trader is clearly displayed."

I pit aside ma pencil an note buik; ma interview wis endit.

Ootside a shadda passed the windae. I sneaked tae the opening in the wa. A boy of black hair wis searching the grown-up weeds in the gairden.

"Hae I been warth the wheepling?" enquired Lear, giein the contents of the cast-airn pot a heaving stir.

Puir Tam wis asleep on his torn blanket, his coat of ginge bricht-lit by the flauchts of the fire.

"Aye," I answered, "I sall screive a splendid article. You are a trewly gigantic character. Yer knowledge of the healing poust of herbs is eident. I deplore the fact that at present yer financial position is nocht as secure as it wis in days of yore an . . . an I'll need tae alter the pairt aboot you surviving on tea an toast." I waved in the directioun

69

of the het pot.

"I'll see that straucht," responded the King.

The boy in the gairden buffed the windae.

"Mister! Mister!" he grat.

"What is yer name, lad?" I spurtit.

"Jim Beck, I bide nixt door. I haena done wrang, Mister. Hae you. . . ?"

"Whit is the maitter wi you?" I cried.

"Mister, hae you seen ma pet rabbit?"

DAVID TOULMIN

The Dookit Fairm

"An affa big dookit for juist twa doos!" That was the wye that the folk outby spoke aboot the Dookit Fairm. Of coorse they were referrin to the dwellin-hoose, a great big mansion amon the trees, wi' as mony teem rooms as a beehive efter a swarmin, for they had nae bairns at the Dookit Fairm. Elsie Wabster was mistress at the Dookit, and she said she never would have a littlin, and she never had a tooth pulled in her whole life, for she said that raither than thole these tortures she wad dee.

The Dookit himsel was a queer mannie, and folk thocht that this attitude o' Elsie's had something tae do with it, for there seemed tae be something missin in the man's life, and though the folk couldna fathom what it was they were sure it was the want o' a bairn. And when he took a bit dander roon the sheep, wi' the collie doggie at his heels, a body thocht it wad hae made a great difference had it been a bit loonie hoiterin on ahin 'im.

But the maister o' the Dookit was most affa religious, though nae exactly a Catholic, or he'd never hae put up

71

wi' Elsie's spinster wyes. But he was a staunch elder o' the Auld Kirk and never said an ill-word in his life, nae even in anger, and he had the patience o' Job himsel in adversity. Strong drink never touched his lips, nor pipe or fags, and his teachin o' the Sunday School was a credit tae the presbytery.

Elsie was much the same, never missed a Sabbath at the kirk, rain or shine, and the twa o' them wad set oot wi' the motor-bike and side-car, and if it was rainin Elsie wad hoist her umbrella tae keep aff the draps. And the Dookit wad squeeze his horn "Pap-pap," tae put the bairns aff the road, and when the bairns saw them comin they cried "Here's Pap-pap!"

Noo the Dookit was a great lad for sheep, and he keepit aboot three-hunder breedin yows wi' lambs at foot. And he coontit 'es yowies in ilka park three times a day in the simmer, fair terrified that a yowie should die on her back afore the shearin. He could spot maggots on a sheepie's back nearly a mile awa, and if he didna like the wye a lambie was waggin its tail he was sure there was maggots on't, and mostly he was richt. And juist gie 'im a yowie's hoof tae scrape at and ye could hardly get 'im awa till 'es denner.

But Elsie wore the breeks, oh aye, ye could see that, 'cause she was aye oot yappin at the back kitchie door when the grieve cam roon tae see the Dookit aboot the wark. Elsie had tae hae her speen in somewye, there was nae doot aboot that!

Noo the Dookit Fairm was a fairly big place as fairms go, three-hunder-and-sixty-five acres arable, leased oot at a pound an acre, which meant three-hundred-and-sixty-five pounds a year, or a pound a day. So come what may, wind or weet, snaw or sleet, every mornin that the Dookit rose and put on his drawers he had tae mak a pound note clear profit afore the sun set. And believe me, that was by no means easy in the days that the Dookit was fairmin.

It gart ye rub yer een in a mornin I tell ye, especially if ye got a yowie lyin deid on 'er back, her legs sticking up like spurtles and her een picket oot wi' the craws, 'cause that was yer pound note nearly gone for a start. Ye could pluck the wool aff the craitur afore ye buriet 'er (gin ye could stand the smell) and maybe ye'd get a twa three shillins back for that frae some rag tink.

And if a coo lost a calf, weel that was anither set-back. And if ye got a horse or a mere lyin deid wi' grass-sickness that juist aboot put ye oot at the door. Or maybe the neep-flea wad ravage yer young plants afore ye got them hyowed, for there was nae beetle-dust in those days. The craws could even clean a neep park efter it was singled, lookin for the grub at the roots o' the plants. Weel-a-wite, but sometimes ye was gled o' the craws, especially if ye saw them turnin ower the sods in yer lea park, lookin for Leatherjackets, itherwise the Tory Worms wad leave yer corn crap as bauld as an auld man's heid, and ye wad get a plague o' Daddy-lang-legs in the Autumn. But if the craws fell oot on yer tattie dreels that was a different story, and 'cause the Dookit never handled a gun in his life he was fair pestered wi' the black deils. They nestit thick in the trees a' roon the big hoose and fair took advantage o' his hospitality.

And if the rings fell aff yer cairt wheels in a dry simmer ye couldna get yer peats hame; and if it was a weet simmer the rings bade on but yer peats wadna dry. Dyod man, ye've juist no idea o' the things that cam atween the Dookit and that pound note in the coorse o' a day.

But Elsie was his guidin star, as ye micht say, and what

73

he couldna mak on the grun she wad save on the hoosehold expenses. Feed the men on what grows on the place, that was Elsie's motto: self-sufficiency, and but for a few triflin thingies, like saut, sugar and treacle, Elsie's scheme was verra nearly foolproof. Dyod aye, gin there had been troot in the mill-dam as there was hares in the parks Elsie had naething tae learn aboot feedin the five-thoosan.

Speak aboot a Shepherd's Calendar! Elsie had a menu tae beat a'. Ye could nearly tell what season o' the year it was by the food ye was eatin, and the days o' the week by yer diet. In the simmer when the eggs were cheap she preserved them, and ye ate them in the winter when they were dearer. That left mair fresh eggs tae sell at the richt time. Dyod aye, and when the butter wasna sellin she made saut butter, and ye got that and margarine when the price rose again. Sell butter and buy margarine, sound economics in those days when the price was sae much agley. And Elsie laid the table hersel, tae mak sure the men didna get ower muckle, a wee bittie o' butter aboot the size o' yer thoom-nail, a wee ballie or twa that wasna near aneuch; and the jam was the same, maistly rhubarb and wild raspberry, with strawberries for Sunday – a wee spoonfae that wad hardly stick a flea.

So ye got cabbage brose, kale brose, neep brose, melk brose and ordinar brose; melk broth and barley broth, leek soup, chappit tatties and skirlie or sise; stovies, hairy tatties (made wi' hard fish and mustard sauce) peel-and-ate tatties and saut herrin, oat-breid and skimmed melk – maistly onything that grew on the fairm, plus peasemeal, and when ye mixed that wi' oatmeal ye was still on hame grun.

And gin ye had a fancy for buttermelk ye could get that as weel, or new-cheese when a coo calved. But Elsie never made sowens; the miller kept his sids and his dist and ye was spared the diet o' the Prodigal Son. But woe betide if ye got Elsie's lentil soup made wi' margarine, for it wad fairly flatten ye, and ye micht come tae yersel again aboot fower o'clock in the efterneen, streekit oot on a grouth midden wi' a belly like a bloatit yow.

But bein an auld bothy haun yersel ye didna mind a' this hame-grown halesome fairin, nae gin Elsie had left the lambs alane. But na faith ye! and gin a wee lambie died o' 'ooball in the springtime Elsie had tae get it for the pot. Speak aboot the Blood o' the Lamb! There wasna a drap o' bleed in the craitur's body, and it was boiled white as a bleached dishcloth. And teuch! Ye could hae chawed it till ye was blin and never left a teeth mark on't. But it saved a shillin or twa tae the butcher's van and added that amount tae the Dookit's daily pound.

But a day was comin for Elsie, folks said, or she wadna get men tae bide at the Dookit. And come it did, but nae in a wye that maist folk expectit. It's a wonder they said, that they dinna ate the rats at the Dookit, when they cam up in a plague oot o' the mill-dam, and they swore that gin Elsie could get some chiel tae shoot the rats and the craws she wad hae them on the table. A rabbit or a hare was aricht at a time they said, but there was no sayin how far Elsie wad go once she got startit . . . .

But ye could aye tell when it was Sunday, 'cause ye got porridge tae yer breakfast instead o' brose, and a fried preserved egg instead o' a boiled ane. Ye was quite a gentleman on a Sunday, and ye got a denner fit for a lord: stewed steak and onions and chappit tatties, trifle for yer dessert, and even a cuppie o' tea and a fancy piece. And all this was got ready on the Saturday, because Sunday was a day o' rest and prayer for Elsie, as it was for the Dookit himsel.

But there was nae pride wi' Elsie, that was wan thing; it wasna pride that ailed 'er on a Sunday – it was her religion. But her sanctimony was a wee bit topsy-turvy, as ye micht say, 'cause ye fastit a' the week and on the Sabbath ye had the Feast o' the Passover. Maybe it should hae been the ither wye roon. But it was juist a sham wi' Elsie, and a good deal o' hypocracy, for nae sooner was Sunday by than ye was back tae the kale brose again, slubberin like swine.

And Elsie was sly too, for if a stranger cam in by, a mill-man or a lorry-driver, he got a stoup o' cream at his end o' the table, so that he wad cairry a good tale abroad aboot the mait at the Dookit. But fan Elsie gaed ben the hoose and ye showed the lad your joog o' separatit melk he was fair astonished and it thwarted Elsie's purpose. But there was wan thing that grew on the place that ye never tastit, and that was the honey. Na faith ye! for maist o' it gaed tae the Sale o' Work in the Kirk Hall or ben the hoose.

Noo the Dookit had fee'd a bit haflin tae ca' the fourth pair and sort a puckle nowt. He had tae haggle wi' the lad at the market 'cause the lad stak up for big siller. Twenty-three pounds for the sax months the lad had socht, from Whitsun tae Martimass, and the Dookit was only pre-pared tae gie twenty-one pound. But Elsie the jawd had telt 'im tae fee somebody respectable, and he liked the look o' the chiel, and Auld Keelie ower the dyke gaed 'im a gey gweed character, so the Dookit raxed anither pound. So the stock cam doon a pound and they had agreed for twenty-two pounds.

The chiel cam hame at the term on his bicycle and Elsie was waitin at the kitchie door tae welcome him intae his denner. She liked the looks o' the loon and maybe in a wye

76

she wished she had ane sic like o' her ain. At yokin time the grieve had sent 'im back tae his last place wi' a horse and cairt for his kist, and the lad had settled doon fine wi' the other lads in the chaumer.

But the fourth pairie didna last lang, and gin the simmer was gane they were pensioned aff on strae and watter, and grew lang tails like colts. The blacksmith cam and took aff their sheen tae save expense and they gaed barfit like bairns and never felt kaim or brush on their hides again. Wi' corn at twal-and-saxpence a quarter it didna pey tae ploo, so the Dookit laid doon mair girse and gaed in for mair sheep. As for the nowt, man the chiel never saw a stirk yet, for the Dookit was that hard-up he couldna affoord tae buy them. Folk said that the fifty-odd steers he had in the byres were paid lodgers, belangin tae dealers and butchers wha paid for their keep, and of coorse the heid cattleman oortit them.

So the lad had a go at the sheep, lambin yows and sic like, pooed a pucklie neeps, howkit in the gairden, cleaned drains and ditches, mended a hen-coop or twa and helpit wi' the thrashin. Man, the chiel had that little tae dee that he got intae an affa easy-ozie kind o' wye, and he used to sit and sup his brose in the mornin wi' his spare haun in his pooch.

Losh aye, he wad never hae noticed it but the kitchie-deem tellt 'im aboot it when she cam in wi' her melk pails frae the byre.

"But lassie," says he, "I'm nae a bairn; I dinna need baith hauns tae haud ma speen. Gin it had been ham and eggs I was eatin, and usin a knife and fork, that wad be a different story . . . ."

Of coorse he should hae been feenisht wi' his breakfast afore Jeannie cam in frae the byre, but syne he got rade o' his pair o' horse he didna hae tae rise sae early in the mornin as the ither lads, so he lay or the last meenit afore sax and was aye slubberin awa at his brose when the rest o' the lads were oot in the stable kaimin their horse. And sometimes the Dookit himsel cam ben the hoose and tied his pints at the kitchie fire, but the lad never turned a hair, juist gave the quine a bit wink if he caught her e'e when he left.

But this late risin gave the lad the only chance he had o' speakin tae the kitchie quine withoot the ither lads, and in nae time at a' they had taen a fancy tae each ither in secret. But the lassie was that hard ca'ed in Elsie's service she hardly had time tae tak a bit mait, lat aleen look tae a lad. Fut wi' yarkin at yon lang-handled churn, melkin kye, feedin hens and swine, makin mait, bakin breid and scones, washin claes and dishes, cleanin firesides, cairryin peat and hackin sticks, makin up beds, scrubbin fleers, cleanin windaes and dustin ben the hoose, a' that wark, the lassie was that tired or nicht she could hardly rest in her bed. Frae five in the mornin till nearly ten at nicht Jeannie was on her feet; frae cock craw tae owl hoot ye micht say, and sometimes ironin a Sunday sark for the Dookit when she should hae been anaeth the blankets. Elsie fairly held 'er at it, shakin basses and ae thing or anither, and never a nicht aff withoot a thraw, and only half-a-Sunday aince a fortnicht efter kirk time, nae time at a' tae look tae a lad.

So the chiel was hert sorry for the quine, for he likit her fine, and maybe in a year or twa he'd set up hoose o' his ain and mairry her. It wadna be much o' a hoose, juist a bit but-and-ben she could tak some interest in and hae mair time tae hersel. But gie Elsie her due she saw the wye the wind was blawin and took an interest in the pair o' them. She couldna dee't hersel but she got the Dookit tae melk the kye every second Sunday nicht tae gie the lassie a langer day aff, and she tellt the chiel he could sit langer at the kitchie fire at nichts than the ithers, him and the quine, and she saw that the lassie got a nicht aff aince a week. So under Elsie's smilin protection this love affair grew, and in her ain religious wye she felt she was doin the richt thing by the young couple. She mithered the quine and upbraided the chiel until she had them eatin oot o' her haun so tae speak, and a stranger body wad hae thocht they were her ain bairns.

The Dookit himsel was fair astonished at Elsie's interest in the lad he'd fee'd and the servant quine, and something o' her ain youth seemed tae return in the process. She became a different woman athigither and less interferin in the wyes o' the place. She began tae tak mair interest in the hoose than she did in the fairm, and she had been mair o' a wife tae the Dookit in these last months than she had been in years before. Even the man himsel felt a change in his ootlook though nae withoot a little annoyance that the young couple should claim sae much o' his wife's attention, though he was pleased and gratefae that his wife should seem sae happy and pleased wi' hersel in a wye he had never seen her afore.

And it didna seem tae maitter tae Elsie noo whaur the Dookit got his daily pound and she fed the men like lords. Folk couldna believe the change in the woman was natural, and they shook their heids sadly for the day when she wad be locked up, clean gane gyte. And a' withoot the Lord's blessin, for ye never see her at the kirk nooadays, and the Dookit sits in a pew himsel like an oolit in a sauch tree. And the wye she sottered ower that young pair at the Dookit was the clipe o' the parish, and they were only the bairns o' cottar folk, that were thocht tae be below a woman o' Elsie's standin. It was an evil thing she did folk said amon themsels: a loon and quine o' that age dinna need encouragement; but the Lord will be avenged they said, and he will send a plague upon Elsie at the Dookit, you wait and see . . . .

So the Lord sent a great plague upon Elsie as they had said, and a great swarm o' rats cam up oot o' the mill-dam and over-ran the Dookit fairm. They were runnin thick in the close, muckle scabby deils that were as tame ye could kick them against the wa's, and the verra strae in the barn was a hobble wi' rats. The Dookit wadna lay pooshin for fear o' killin the hens. He set traps and cages and took a few, and when the cages were full he got the new lad tae dip them in the dam tae droon the squirmin brutes.

But Elsie had a better idea, so she took a duster and polished the Dookit's silver-mounted double-barrelled gun that stood in the hall beside the grandfather-clock and gave it to the chiel. The Dookit had never fired a shot wi't in his life; it had belonged to his father but the Dookit had always been too tender-hertit tae use it. He hated killin in a' its forms and wadna tramp on a worm or a beetle gin he could help it. But he jumped on his motor-bike and went to the emporium for a big box o' cartridges for the chiel tae rid the place o' rottans, for surely that was no evil the Dookit thocht.

So the chiel took the gun and hid himsel in odd corners roon the steadin and the big hoose and baitit the rodents wi' bruised corn. When about a dizzen rats had gaithered roon the bait the lad let fly wi' baith barrels and blew them tae smithereens. And the chiel was weel content wi' this amusement, 'cause efter the evenin's shootin he was treatit in the hoose wi' tay and fancy pieces and he could while awa the time wi' his lass.

At nicht when the licht was gettin dim the chiel baitit the rats in the close and hid himsel in the hen-hoose. He was winnin this war on the rats and they were gettin scarcer and he sometimes had tae wait langer for a shoot. The rats were gettin wily as weel, and were sly at comin oot in the full licht o' day, so that only nightfall and hunger brocht them tae the bait.

It was gettin rael dark for Elsie had the lamps lichtit in the kitchie and ben the hoose. And when she had the tay ready she tellt the quine tae run and get her lad afore bedtime.

Noo the servant lass was a bittie feart at the clockin hens durin the day and she minded that she hadna gathered in a' the eggs. She wad look for her lad, but in the meantime she wad get the eggs. The hens wad a' be reistit and she could throw the clockers oot o' their nests and grab the eggs, for they wadna see tae pick her sae much in the gloom.

Noo the chiel was watchin 'es rats and juist aboot ready tae lat bleeze when his quine cam runnin ower the close. They began tae scatter, and juist when he fired baith barrels his lass bent doon tae enter the hen-hoose. Even as he pulled the triggers he saw her lurch ower his sichts; in the reek and smell o' poother he saw her fa'; even in the squak o' flyin hens ower his heid he heard her simper. The lad got sic a scare his hert nearly stoppit and he flang the gun on the fleer. His een were het wi' tears and he grabbed the quine in his oxter, her warm bleed on his face. He laid her doon canny, feart tae look gin she was deid, and ran for Elsie.

Elsie had heard the shot but thocht naething o't: she heard them ilka nicht, but when the chiel cam in soakin in bleed she got a sair fricht. "It's Jeannie," he grat, "I doot I've killed 'er!" And he sat doon on a chair and grat like a bairn. "Faur aboot laddie?" Elsie cried, shakin the chiel by the shooders, "faur's Jeannie?"

"In the hen-hoose!" And his voice rose frae his throat nearly like a scream.

Elsie cried on the Dookit frae ben the hoose and the pair o' them ran tae the hen-hoose. But the lassie was deid and poorin wi bleed, her face and breist shot tae tatters, so the Dookit jumped on his motor-bike and flew for the doctor. And when the doctor and the bobby cam they cairriet the lassie intae the fairm hoose and laid 'er on the fleer, and the loon sabbit and grat in Elsie's oxter as gin he had been a bairn.

Efter the funeral there was an inquest and a lot o' awkward questions spiert at the loon, though abody kent fine he had nae intentions o' shootin his lass. And Elsie was sair torn wi' guilt for giein the loon the gun that did it and she was hert sorry for the loon. She grat mony a day and priggit sair wi' the loon tae bide when the term cam roon. Tears were a thing that Elsie had never felt afore, unless they had been tears o' rage or jealousy, and the Dookit was sair perplexed at what could ail his wife.

The term day cam and the loon gaed doon the close for the last time. Elsie could thole her guilt nae langer and she ran doon the close efter the loon. She wad hae giein 'im the place tae bide on but it was hardly in her pooer, but she grabbed the loon in her oxter, and grat in his airms, and then the most affa thing happened tae Elsie, for she fainted in the close and the Dookit and the loon had tae cairry 'er back tae the fairm hoose.

So they got the doctor and he told the Dookit that his wife was in the family way, and the man could hardly control himsel. And neither could the neighbours: Michty me! Elsie wi' a bairn at thirty-echt, and anither doo in the Dookit; weel weel, that was what she got for encouragin that young pair aboot the place, though God knows, there was little need tae say mair aboot that; she wad hae her ain thochts aboot it nae doot.

KATE ARMSTRONG

Luikin Efter the Laund

Through the windae, Judy watches the handkerchief tree drap its lest round reid leaf. Five years in her care, and aye no makin ony white bracts in simmertime, no makin magic. Beautiful autumn colour, for a that. Slaw tae get stertit, like mony a guid thing.

The gairden is fu o guid things, a sonata for organic nature as ruled by man in the person o Judy Mason, housewife. Years o composin time, for a plot ninety by a hundred yairds, wi a buffer zone hauf as wide bocht up ower the years frae sneerin fermers, whaur the nitrates and herbicides fade oot, bit by bit, and poison her paradise less. Here are hoverflees and leddylanders and butterflees. Leafmuild and seawrack, mushroom compost and green manure hae come and, sae far as the ee can tell, gane. Judy bows afore Nature's obvious contentment. Her deepest pleisure, in normal times, is tae sink a fork intae the soil, and feel its brief resistance afore crumblin apairt, daurk and halesome-smellin, tae reveal bronze-armoured gallopin jenny-hunnert-feets, black gleamin golachs, worms large and sma, while the inveesible benefactors, microbes, bacteria, enzymes, dae their amazin darg. Judy doesnae feel lanesome, a mile frae her nearest neibour. Her warld hotches.

Alan is in New Zealand, makin money. Sic a creative wee boy, responsive, sensitive, warm-hertit. Somewey he and his brither loss their -ive qualities airly on, and by the age o ten are Martians. At fowerteen, Alan is nae mair willin tae lend his mither a haun for an hour or twa, and David, smitten, jist as sweirt. The wee plots o marigolds and radishes are pitten doun tae vegetables, then, in the college years, the vegetable plot cheenged tae an area for tender shrubs, and the muilderin fitba goalpost is remuived frae the gress. Letters, paircels, photographs arrive frae New Zealand and California. Alan and David, mairied wi bairns o their ain, hae eneuch gairdenin leir tae make intelligent noises in writin. Alan feigns involvement by sendin a swatch, a tuber, a wheen bulbs, frae time tae time – a little something you're unlikely tae get at hame, sure it's illegal, too bad. David sends siller. Buy yourselves something nice, something for the garden? Well, you know I've no imagination. Raking it in here, right now, ha ha.

On her aluminium crutches, Judy hirples tae the kitchen, followed by Bruce, the auld dachshund. She heats a cup o coffee, and thinks aboot the logistics o cairryin it tae the table alangside the sofa. The freezer is fu o food. Michael shops on the way hame frae the toun. Her no vera near neibour Vera has been wonderfu, takin her tae the bathroom until she has felt confident o managin on her ain, sittin wi her for company, gaein oot and deid-heidin roses whaur Judy can watch her. Noo Vera is takin a late autumn break, as dae mony o their fermin neibours, in the Algarve. A hame help is no really needed. A fit and healthy woman o forty-five in a weel plenished hame can dae onythin. Onythin, it would seem, forbye climb trees and prune them while perched on a brainch ten feet abune the grund. At least, she thinks, I didnae saw aff the brainch I was standin on. I didnae hae the strength tae lauch as weel as crawl tae the telephone, trailin twa broken legs ahint. Cannae cairry a cup o coffee noo. Briefly, she greets, maks a flask o the brew and wi great care remuives her skirt belt. She threids it through the flask haunle, then atour her waist again. Ten minutes efter, she reaches the sofa. Mornin television. Cookery, gairdenin for the disabled, huh, a soap, a chat-show. Bruce sits by her, his skinny, grey, lovin wee face restin on her lap.

"Please, darlin, it really wouldnae tak lang tae dae. I feel bad askin you, you dae sic a lot. But it would be a bit interest for me, till I can get rid o these."

"It beats me, Judy. You want me tae gang oot and dig up a shovelfu o airth and count the beasties in it? *Count* them, for Godsake? Michael Mason, civil sairvant, beast-counter tae Her Majesty. Can you no wait till you get the stookies aff? You can *eat* the wee brutes then if thon's your notion."

"That winna be till mid-November. I miss my gairden. Please, Michael, I ken you think I'm gane gyte. But I thocht I could mak a bittie graph, a weekly record – "

"Whaur you get these notions frae . . . oh, hell, see, I'll pit a spadefu o soil in a bucket ootside the back door, in the shade. I'll fix you up a sma table, wi a trowel. *You* dae the messin aboot, and the countin. It'll dae you guid, I jalouse. Jist once a week, mind."

"You are a darlin." She hauds up her face. He straiks her chowk.

He doesna straik her chowk, hooever, that cauld Wednesday evenin in the second week. They hae eaten fish pie, he has washed up and they are sittin on the sofa.

"Weel, what's the worm-count the day, then? Hey, you're makin a nice job o thon graph. You havenae got the slug, though."

"There wasnae a slug," she says, taen aback. "We dinna hae slugs, the hurcheons eat them. Was there ane the morn?"

"I thocht it was. Sort o lang and thin and broun, wi a fuit. But I didnae get a richt luik, the licht was ower bad."

"Hoo lang?" Her voice has taen on an edge. "What sort o broun?"

"I telt you, I scairce noticed. Weel, aiblins fower, five inches?"

"It wasnae there by ten o' clock." The voice is risin. "Twa jenny-hunnert-feets, a daddylonglegs grub, a – see, read it on the graph!"

"Judy, I can read the bluidy graph. Richt noo, I'd raither be readin the paper. Are you no takin things a bit serious?"

"Were there ony worms?"

"I dinna think so. Luik, you counted your bucket o beasties. That was whit we agreed. I jist dig it up. This is no like you. I come hame efter a hard day, thirty mile through traffic. I pit a meal on the table, – "

"What you saw wasnae a slug. It was – leastwise I think it was – an Australian longworm. And it wasnae there at ten o' clock."

Michael lifts the newspaper.

"They're carnivorous. I read aboot them in the organic gairdeners' newsletter. Fowk hae been telt tae luik oot for them. They eat airthworms, and you ken whit – " Michael pits the paper doun. He sits and straiks his chowk, no luikin at her.

"People ocht tae ken aboot them. Listen, that baist is dangerous, it's a threat tae the hale country. Michael, luik at me."

The daily stot gets easier, as the deid skin sterts tae kittle ablow the plaister, but one wee niggle winna shift. Naebody taks her compleents seriously. The environmental health department refer her tae the Ministry o Agriculture. Her fermer neibours are doutsome. "That townie!" she correctly imagines them mutterin tae their wives. Nae worms o ony kind in their damned wastelaunds. She can shaw nae evidence; the "slug" has neer been seen again. Her freen the gairden centre owner graws tetchy, almaist as gin she were accusin him o introducin contamination. Ither freens, even Vera hersel in her letters, an efter her return, shaw limited toleration o speculative monologues on the wan theme. When Alan writes, "Here's a laugh for you – some weirdos in Oz are claiming to have seen giant worms, four feet long," she gies a mechanical smile. Efter a, the weekly bucket aye shaws the normal guidly mix, the usual three-fower airthworms. Nae further sichtins o onythin strange; like as no it was a slug that time, had sclimmed oot o the pail. Michael and Bruce enjoy fine the airly mornin trip tae the vegetable plot by torchlicht; she pictures them standin there, sniffin the reek o guid airth. Whiles Michael is oot for fifteen minutes or so, afore returnin tae place his load jist by the back door. "The airly bird catches the worms, fower the day, love." He pats her smilin chowk, climbs intae the car and drives awa. Bruce bides oot, affen; he has learned that she is fine pleased for him tae exercise himsel in the grey gloamin. He turns up clarty-pawed and cheery, when he hears her comin oot tae dae the weekly count. The graph graws. The first frosts come. Michael's trip tae the gairden has grawn much shorter noo, five minutes at maist.

Ae day Bruce doesnae shaw up by the table at countin-time. By the time nicht fas, he has still no returned, and the neibours haena seen him. Maybe he is oot there chasin a rabbit, a cat, an Australian longworm grawn fat and fast on a diet o organic airthworms. Blethers! she thinks. But Bruce, a week later, is still no back.

Michael sits in The Bell on Wednesday nichts. Ae week, he tells Joe the barman aboot his wife. Judy hopes tae get oot o plaister today. He awns tae Joe his kind deed wi the airthworms. There arena sae mony o them, they're scaircer; bound tae be, it's almaist winter efter a; this while back he has been storin his hoard o six in a bucket in the shed, and fetchin them oot again weekly, no aye the exact fower, or she micht realise. Onythin tae keep her happy. It's been an awfu strain on her. Joe nods, wyce-like.

The taxi-driver sees Judy tae her door, as a mirk evenin haar sets in. I'll be fine, my man'll be hame soon, she smiles, a second afore mindin o how Michael noo warks late Wednesdays. Thank God, they hae left her the crutches. Her new auld legs are muscle-free, and swey slawly, cauld, nakit, doun the passage. She hears the taxi scrunch on the stanes and speed awa. When the back door dads open, she sterts sherply. Was it the wind? There's nae

wind the nicht. Ootside, the warld lies still in a blanket o
pale, airborne water. She turns tae luik aboot her, and
draps a crutch. Raxin efter it, she fas, her skirt birlin up
tae her hurdies. There is a soun like a muckle, creishy mop
bein swurled ower the kitchen flair.

She can hear a scartin sort o noise. She can hear cheena
and cutlery drap. The door frae the kitchen tae the hall
opens slaw. A dark form hauf-fills the doorwey, and a
gastrous smell o organic life wafts at her.

Aye, she kens what this is. On a muckle, frilled fuit, it
rowes towards her, grawn fast and fat on its superb
fotherin. Misbelievin, she luiks doun at hersel, tae com-
pare for size. Bigger than . . . her harns winna lowse the
wurd. Ablow her skirt, her pale, dwinnelt legs lie mauchtless
on the parquet. They are no bonny, are hairy, are wrunkelt.
They mind her o airthworms.

ALASTAIR MACKIE

My Grandfather's Nieve

I cam oot o a granite quarry-hole. My reets gaed doun near fower hunner feet. Aften as a loun I wad staun on a sma widden platform that was biggit nae far frae the sheds whaur my father wrocht at the granite setts that aince paved maist o the streets o the toun, and, a bit feart, wi preens and needles in the soles o my feet, I wad keek doun to my beginnin. Wee mannies as big as my thoom nail moved amang bogeys and quarry gear like beasties at the boddom o a pail.

The milk cairts and coal cairts struck clytery music fae thon granite keys, howkit and chippit and squared aff by the dingin mells o the sett makkers. O the cassies o my days as a loun in the street that was the play-grun o my bairn-time! Tennis baas and rubber baas skyted aff their packit faces. Quines sang their skippin rhymes as they caad their ropes roon and roon:

The wind, the wind, the wind blaws high

The rain comes dashin fae the sky.

And the lassie aneth the birlin airch o tow kirtled up

her frock and jined in. She measured wi the dab hand o an ee, jist the richt instant to skip a wee in the air as the rope swung whirrin and smackit the cassies, tow against stane, wi a skelp I can hear yet. And whaur the weather and time and the grunstane o coontless cairt-wheels wi their airn-shod rims had worn awa a bit o the surface to mak a sma hole – there was oor kype whaur we rowed oor fawn picks, or baal-bearins or gless bools wi a twist o colour in their herts, yella and bleed-reid, sea-green and lift-blue. The googlies we booled at street cricket when the tennis-baa skifft by sheer luck some dent in the cassie and sklentin struck the chaalkt middle stump! It's my shot nou. . . . And snaw fell owernicht and turned the street to slides, polisht slithery wi the tackets and airn heels o oor beets. But when the weety days set in the cassies brak thro the dingin o the rain, glowerin grey nieves.

On Sunday aifterneens in the grand weather we waalkt aa the road up to Rubislaw. Past the granite trimness o the Grammar School wi Byron's statue at the end o the drive. Him that was killt fechtin for the Greeks I was tellt lang syne aifter at the Gordon's college the merchant Gordon had gart to be built wi siller oot o the Baltic. That Byron tho, wi granite curls – the jessie – and blin een on the toff louns as they humphit their bags up the drive. And he gaupit hyne awa into the distance at something nae man can mak oot ava. Like the maist o statues. The hooses granite; the dyke waas granite; and the trees grouwin oot o granite at the kerb side. And aye the cassies – hemmert loaves, teuch teeth, dreeled oot o sweat an skimpit wages, hands sun-birstled by simmer suns and blae and stervin caul in the wintry sleet and broken time when it was ower weet or snawy to pit in a day's darg.

Oor feet waalkt ower the coorse wark o hou mony

generations o deid quarrymen?

Kirks. The tartan kirk wi its marled stane-wark like the sett o a kilt. Syne we cam to Queen's Cross, whaur fower roads pairtit like the cross-weys o a starn. Plunk in the middle was a circle o stane whaur a lang skinny-ma-link o a licht standard sprootit gless bulbs like frozen flooer heids. The trams girned roond the bend gaun up and doun wi a feeroch o reid sparks bizzin fae the cables. The thunner o their wheels dwinin awa doun a lobby o trees.

The lang straucht o Queen's Road! The granite grandery o thon road I traikit as a loun wi the faimly. Hou we ferlied at aa the grand hooses on ilkie side aa the wey up! They keekit atween the green bells o trees that the birds jowed; the crook o their graivel paths, as they swung their flooers and bushes to the front door; or their trig rockeries and gressy swatches o lawn craw-stepped up to the windas; their privet hedge-raws burst thro the jile bars o their black railins, and trees, fu o themsels, blockit oot the facades or owerhung the pavements as we lytert aneth their huggert pends. I used to think; the deid hooses o the livin. Or was't the livin hooses o the deid? Naebody was at the winda; naebody on the lawns; naebody we kent ever bade in them. "Fish-merchants' hooses," my father said. Or the quarry-maisters'? Faa ained the quarries? I never heard tell. Aa that I did ken, was that years later my father haed to leave; the weet and the cauld daily-day, the stany trauchle at the granite had gotten intill his very breath and wad never be lowsed.

A granite Chinese waa that road was, the haill linth o't, that the bourgeoisie raised wi siller oot o siller.

Doun the close and up the stane stairs and into the unforgettable foosty stink o the room wi the lie-ins that made the space crubbit, whaur the furniture could streek its linth but ye were fair pit till't to get a seat in comfort. O the nippit livin-rooms o the warkin cless afore the war! The side-boord and table, the shewin-machine and the ingle-side cheers, and the sink aye a sotter o pottit plants and the leavins o denner-time. The press ablow the sink whaur aa the pots and pans were kept in the mirk and the craal o spiders. O aye! and the swan craig o the tap. And the sense o a human steer that ye couldna redd up. There was the keekin-gless whaur my uncles shaved, twistin sideweys to look at their faces as they scythed awa the sapples fae their chins. Ootbye in the simmer aifterneen the trees dandled their greenery on a level wi the sink-tap and ye heard the chirr and flaffin o the birds, and ever and aye, the gaitherin thunder o the toun trams as they shoogled back and fore fae the toun.

The fire aye lowed in the black grate winter and simmer, a great muckle hole that haed aye to be black-leided but whaur ye could beek yoursel wi your feet on the green fender-steel, when granny got up to mak the tea, her hair like a kaimed snawdrift and the bleacht blue o her een. Ye took up the western that was never far fae her hands and smelt the hum fae the paper like the far-aff memory o spewins or was it dried sharn? There ye first met wi words like "mesa" and "bluff" and "butte" and "hombre" and "corral". The cover wid show a cowboy in reid-spottit gravit and a copper face firin his twa   Colts. In the white distance anither man was beginnin to dee as he cowpit forrit his heid on his chest and his knees buckled as he left the black birl o his six-gun aa to itsel. . . .

"Come awa, come awa in, strangers."

"Aye aye, Frunk."

"Foo are ye, Annie?"

"Did ye waalk aa the wey up? It's been gran wither aa

94

this past wick."

"And fit's new wi ye?"

And the groun-ups swapped the sma cheenge o news. . . .

Uncle Alec wi the hoast that killt him, gied a gruff "Aye aye, Alastair" and was aff ben the hoose. His wife bade doun the next close; he bade wi his mither. Quaet man wi the lang Mackie face and ae ee that lookt as tho a speck o white clood haed gotten stappit in't. Shot haed lang syne smoored the sicht o't. When he steered his tea it was wi the crunny and thoom o his hand. And ae ee, gane in a blink and him but a halflin. I wid waatch thro short-sichtit glesses the bleedy gap whaur the fingers left him and the nieves stuck oot like fower hillocks. He spoke little but bouffit a lot. Smokin his doup-end by the sink his face wid thraw as the reek wired intill the happin o his lungs and I never heard or saa the like o yon hoast. He boued doun fae the waist wi the pain in his chest as tho he was giein a great muckle nod, sayin "Aye" to somebody speirin something at him. When his heid liftit, and aabody still newsin, the thraes o his hoast made me think he was lauchin fit to bleed at some joke only himsel kent.

The quarry-hole haed hint him by the weisand. It never let go.

And you granda. Ye sat in your auld green airm-cheer wi the lie-in ower ye and the licht fae the winda on your left shouther. Sunlicht snawed on the crappit white hummock o your skull. Slow your speech was as tho ye took time to get your toungue clear o the roch steens o your braid Aiberdeen Scots ye spak aa your days. Fae a cheer near ye I listent and waatcht. There was the lang face ye gied me, the set o the heid on the shouthers and the wey the lugs sklentit in at your haffets as ye lookt fair on.

95

Muckle black beets wi a butterflee knot o leather pints, beetle-crushers, at the end o your stockent legs. The thick granite grey o your best suit on when ye haed gien yoursel a bit lick and a shave for the Sabbath. Ye sat in my mind wi your richt leg ower your left and the tae-cap o your beet pintit to the waa whaur your deid bairn's framed ghaist stared oot at the trees. (David was spared the quarry-hole.) I saa the deep howes o your een, sae thin the lang banes o your face. An auld man in his ingle-side cheer puffin at the het bouwl o his pipe wi the tin-kep on't.

But it was the nieve haudin the pipe to your mou that took me. A quarryman's nieve banes. Like Uncle Alec, like my ain father. The banes o your left hand, it was this my een festened on. And it cam to me ae Sunday lang syne, deein my stint at the waatchin, that the sinnens o your hand as they tichtent their strings and the fower knurls o your nieve banes grippin the pipe and the crookt jint o your first finger cuddlin it, were like a delta. Like a delta. I was gey pleased wi the comparison. Ablow the skin o his hand ran thin reid burns past the knobs o his nieve to his thick finger-nebs. A delta on a pension, aifter a life's wark amang granite steens, the reid spate nae stoundin like when he was a young chiel and gaed to America and come back to father echt bairns. Him in the auld broun photy in his braw suit and bow-tie aa agley as he twistit his heid roun to gie the photographer a dour-eed glower. A gey swank then wi a tussock o thrawn hair the kaim hadna sleekit doun; the bigsy pose o the heid and the thick imperial mouser wi the pints waxed and swirly. His troosers rippled in lirks and syne fell sheer ower the lynn o his legs and doun to the flat irons o his pintit beets. . . .

In yon auld man's nieve grippin his luntin pipe I saa the

biggin o the haill toun. Him and his like for near twa hunner years haed quarried the foonds o a city and raised it to the fower airts; its east end tethert ships and fishin boats and the ither airts elbaed the ploo-lands and stane dykes and the dour huddle o fairm-touns o the Dee and the Don.

Whit did ye bigg, granda? The sillert mansions o Rubislaw and Mannofield; the twistit crunny and orra stink o Crooked Lane, the brookit tenements o Black's Buildings, the Gallowgate, Upper Kirkgate, the Denburn, East and West North Street; the banks and offices and shops o the toun's steery hert, its mile-lang monument to the grey skinkle and mica een o the quarry-hole, a pavit river that took the jossle and stour o fowk and traffic aa bent on their ain ploys. . . . (The fit-stoundin granite miles o Aiberdeen I traikt as a bairn, as a loun, as a college student. . . .)

Granite for Edward the seventh's statue, wi doo's shite on his brou, the fat clort. Ahint it auld deen men in ruggity duds and tint een, and dowie-faced weemin hunched in a half-circle like a bourach o the damned. Granite for Union Brig wi its metal lions o the parapet, black and kenspeckle; and aneth them the steam trains wheezled and shunted or skirled hame to the Jint Station the reek rippit aff their funnels. And ye could staun at the ither side and watch the lift briest back aa the buildins and see Torry clim up the hill on the shouthers o its tenements. And the croods that hotched ower thon brig. . . .

See his forebears in yon cathedral amang the scatter o deid fowk, half-kirk, half-castle St Machar. Staun afore its front and let your ee thole the dour waa pierced by the lang gless trenches o the windas; syne look up to the arra-heids o the twa tooers, whaur fae holes in the mason-wark ye could poor doun bilin ile on the enemies o God. Or gang ben intill the gloamin o the aisle and mark weel the firmament o the roof, set wi the gilt escutcheons o the crouned kings o Europe in the middle ages, like the hemmert brod-heids o the constellations.

The delta o your nieve. It flowed alang the railins and trees o Bon-Accord Crescent whaur the granite blocks were raxed and trimmt to a severe grace, a nothrin draucht o the Adam brithers.

Was your hand at the plinth o the Wallace Statue that taks the wecht o his giant gesture, and whaur his defence and defiance to English Edward is chisellt wi words set like schiltrons on the granite face?

Or were ye in America when the Marischal gaed up – oor Kremlin to college lear – and made aa the weather-cocks jealous? The masons' hemmers dung oot reels and strathspeys on the keys o granite squares and the bumbazed steen spieled fae the foonds. Its tormentit diamant bleezed gray in the wink o its million een; and abune aa, wee gowd-yella pennants were struck like a stray notion at the hinner-end, never to flame in ony wind that blew. . . .

Delta streamin thro the Music Hall, the New Market, Golden Square. . . .

A year or twa back the quarry stoppit for good. Nae mair the hubber and rattle-stanes o the muckle crusher; nae mair the dirlin birr o the dreels; nae mair the grey smoor o stew, nae mair the blondin's pulley-wheels breel on its iled road ower yon howkit hole. . . .

Aifter the war granda deet, then Alec. Last year at the yella back-end granny was skinked to the fower airts, ower ninety and gey dottled at the end I was tellt. "Father" she aften caad me the last time I saa her alive.

JOHN MURRAY

Thrie Tales

The Meenister's Cat

The newlie induckit young meenister in her new manse study, scrievin the Sunday sermon, a gless muscadet aside inspirin texts, bane dry, caller an white, keeks doun an smiles upon her cat, whae curious tae see her wark sae late at een wimples atween warm limbs an purrs sae deip an kirkielike an sib untae an organ peep that she blesses him fae deip inwith her hert.

Fer the meenister's cat wis an angelic cat, beatific, chaste an decorous; evangelic an faithfie, guid an hummle yet infinite an joyous. The meenister's cat wis a kosher cat; leal, meek an noble; ossianic, pure an quintessential; rarefied an sublime. The meenister's cat wis a transcendental cat, universal, virtuous an worshipfie; xenophyllic, youthfie an zealous, een as he ZZZZZZZed, dreamin on spuggies an meece, he wis.

Th'aul din meenister man plankit his lane ben the victorian bing he cudnae cry his ain, drafty an stourie an as guddled as a Kafka castle, thinks on sermons past that he can resurrect wioot yerkin his elders fae thair doucie dwams, an yaise as a closin text afore he caas the curtain ower his lang career. An as he gaithers the menses yet his, tae gar the derk an derknin dram tae his dry an drucken lips, Aul Baudrons smools thro wuiden legs wi birslin tail an rigg bane boued, narries its sleekit een an commenns his sowel tae Hell, sssssssssssscraichin.

Fer the meenister's cat wis an aetheist, a bastard cat an a calvinist, baith diabolical an dour; evil, fushionless an grim. The meenister's cat wis a harem cat; iconoclastic, an but a Jezebel, a Judas an a Janus, ferby a kelpie's cat, baith lewd an libidinous. The meenister's cat wis a malagrugous nihilist, obsequious an pervertit; querulous, randy an satanic; thrawn, ugsome, vengefie an wicked. The meenister's cat wis an X certificate cat, yammerin awa in some zombie film, that ssssssssssssspat at him, whae wis meenister.

Syne suddent wis dumstrucken bi a fowertie oonse bottle wheechin thro the air, sib untae a tongue o flame writ large athort the lift, wappin it richt atween the een sae that it kythed a kittlin agen. An the meenister spak furth sayin, "That'll suffer the bugger tae cam untae me!"

The Last Drap

Mither aye said ye wis nae guid, no like yer brither, baith genius an dux. Ye'd staun the tuim bottle a hanlawhile waitin on mair drink tae drap tae the dowp. Syne ye'd coont thaim aa oot, yin bi yin intae yer gless. That wis tuim an aa. Yer last twalve draps, she aye cried thaim.

Thon Hogmanay in tropics wioot season ye'd mebbe gotten the same concait o yersel at last. The jungle jyned in wi its yaisual yammer. A keenin chorus oot o some affie Greek trajedie, drookit wi bluid an guilt. Nae doot Judas wad hae been as scunnert syne. Yet ye gaed yer same daunner wi the dug. A hurl i the jeep thro the dry reid stoor, ower the shakkin briggie tae whit micht hae bin cried Reekie Linn had ye bade at hame. Mind thon we'd aye traik tae as a faimlie, on thae braw simmer days we aye had as bairns. Whaur mither thocht on but widnae say or later, whan reddin up a wheen snaps ae day, that she widnae hae grat gin she'd lost yin o's ower the Linn.

No heedin his wheenge ye steikt the tyke in, a thing ye'd niver din afore, an the morn fund ye fer deid on the rocks. That wis yer last drap that niver wis. Yin ower the twal. The last drap that wis niver taen. An ye didnae een gie the dug a bit shot o daein the Greyfreer's Boabbie stint.

Hert o Midlothian

Spraichled on ma bed i the hert o Midlothian like a faem bashed starfush liggin on a gruggled shore, Ah mind ma hert's first love. Her hair as black as ebonie, her een like peat stained lochans. Tae win awa fac hame wi her seemed m'ainlie road. Saxteen in years, wir weirds aa din. But she rowed her pownie's een, flang her mane this wey an thon, syne cantert aff intae the morn. The mairks o her swythe bygan in ma memorie's dew sin syne.

An Ah hae seen her in ablow the blowstert trees, her goun aboot on the grun, gaithrin aipples the wunds hae blawn, gaithrin flooers the wuids hae growen. Ah hae seen her gan ower the gurlie stran, aneath a lourin lift o wheelin maws, winnin buckies fae the san, winnin partans fae the pools. But Ah ken as she havers horizontallie anent her hame an faimlie, ken bi the brainches wild scartin at the cloods, ken bi the blatter an sook o wetter on rock, that the trees hae tint their leives, the swythe seas hae turned, an that simmer's din fer an aul crab on his back, waggin echt legs at the lift.

Spraichled on ma bed i the hert o Midlothian, like slaister on a causie stane, Ah wunner whaur aa th'aul men hae gan, whae yaised tae sweir an pynt an shak thair neives at aa the thrang an thirled, the livin deid, whae skittert aff afore thair een, sae reid wi wine an wid. Ah wunner whaur aa th'aul men hae gan whase fasht an riven faces Ah gowpt at as a bairn whan shouthert hie abuin the crood. Faces o seers an sair saints, ootcast on bieldless road girt skerries, speirin up at heiven thair lane, ettlin fer earthlie remeid. Thair prophesies unheedit. Am Ah nou tae be coontit amang thair kin? Can Ah no see thaim because Ah cannae see masel? – aye bidin here doun aa the years aside Gressmairket's last drap o men, crackin anent the bewiggit conceits o the latest sneddit heid, anent daiths baith dour an douce, o martyr thief an murderer. Aa thae we hae bin in dreams at least. Am Ah tae, nou deid, in anither bed, or div Ah dee ilk nicht o sleep?

Spraichled on ma bed i the hert o Midlothian like seikness ower a causie stane Ah mind o ma hert's first love. Hackit mannekins whiles taen fer her, whiles taen fer me, parade afore ma waukenin, dwammin ee. An Ah wunner wad Ah be nearer blytheness nou had Ah ma first love wed?

Liggin in ma bath, like in an auld stane kist ootie Halyrood's roofless aisle, borne shouther hie yince mair abuin the crood, doun the stane backit mile an intae the warld thro warld's enn yett, Ah see her staunin in a

Canongait balconie wi riven goun an lank grey hair gin she were Argyll an Ah Montrose. An Ah'm rin thro bi her stare as she airts tae me a slaistert aith, as tho she kent ma hert wis whun, girt roun wi granite stane.

Alienation

It must hae been weans screamin doon in ra streets woke uz. Playin wi thur pressies. Ken fae Santa, like. F****n Christmas. Gies ye the bokes! So it does. God knows whit time it wis. Mornin probably. By efternoon their What Every Gadgie Wants pressies would be broken.

God A wis knackered. But there's nae curtains oan ma windaes, and daylight wis stabbin at ma eyelids tryin tae ice-pick ma brain. Aargh, Jesus Christ! A kent juist how auld Count Dracula felt. Puit uz back in ra coffin, mammy.

Ma heid! Jesus Christ!
F****n booze.
Ye b*****d!
Ma f****n heid!

Ye know it's no easy bein the central character in a gritty piece o modern Scottish literature. A'm tellin ye. It's nae walkover bein the hero in wan o they novels. See, cos like ye've got tae be a real hardman. Ken, a real no-hoper.

Completely totally depressin life ye ken.

It's no everybody could dae it!

Yeah. Bloody hard work.

A mean, A'm no talkin aboot yer mamby-pamby middle-class stupit unreal shite. Any idiot can rattle aroon an auld castle hacin affairs.

A'm talkin yer award-winnin real true-life tough authentic Scottish stuff.

Bein the hero o that stuff's . . . f****n hard!

Well, for a kick aff, it's like . . . Cause ye've got a . . . Ken a . . . A mean as well as aw the social problems in the wurld on your shoulders – ye've got a . . . ken a . . . LIMITED VOCABULARY.

See, oan the telly or on wan o they Arts Cooncil fundit films it's dead easy tae be a hardman hero. Ye've just tae staun aroon lookin hard or pissed aff. Ken, dinnae shave fur a couple a days, clap in yer chowks an suck on a rollie-up or twa. Stick on a soundtrack an Bob's yer uncle . . .

But like in a book . . . it's eh . . . hard, ye know. A mean ye've a whole bloody twa hunner pages tae fill an ye've like mebbe been lumbered wi just a vocabulary o five wurds!

F**k, b******, sh***, c*** an . . . Eh, mebbe it's only fower wurds. An like ye've got tae display the full range o human emotions. Fae pissed aff tae . . . bloody pissed aff!

It's no easy.

Kids screamin on the landin, nae curtains. A kent A'd never get back tae sleep. Sleep, that saft white oblivion bandage that nightly staunches the wounds o the day. Mornin always comes, though, an rips aff the dirty scabs again. Oucha!

A need tae view ma mornins through a broon tobacco

fug. A leaned oot the bed. Reached ower fur the Regal packet.

F*****n empty.

Ya b*****d!

A crumpled it in ma fist an hurled it intae the fireplace. Missed. Bloody story o ma life, pal.

A rummaged in the ashtray for a couple o doups. Rolled em intae a real lung curdler.

Ye know A never used tae smoke at aw. But it like went wi the job. Hardmen heroes got tae smoke don't they? Christ otherwise there'd never be any conversation in the pubs would there? Can ye just imagine it?

"Hullo there, Tam, how's it goin? Fancy a Polo mint?" "Naw, naw, I'll juist stick tae ma fruit gums if that's aw right." See what A mean? Disnae exactly hae the authentic ring does it? If ma character didnae smoke there'd be nae visits tae the paper shop. Nae askin fur lights or cadgin fae yer mates. Tae show solidarity wi the underclass, ye know. In fact nae social interactions at aw.

An there'd be nothin tae dae in times o intense emotional stress like yer faither deein an that. Christ A am a Scotsman amn't A? Cannae be seen greetin, like a lassie. Naw, naw. Just drag on a fag like ye've got a suction pump goin in yer boots. The harder ye sook the mair ye're, like sufferin an that, ken.

Fags is good for lang disgustin descriptions o green slimy mucus spits an aw. Ken, tae punctuate yer hardman talk at the dugs or in the bettin shop.

A'm tellin yous, wee award-winnin slim volumes would be a helluva lot slimmer if A didnae put ma health at risk.

The smoke in ma lungs startit the mornin hackin. I could feel a lump of long disgustin description rise in ma throat. A spat in the direction o the fireplace. Missed. The globule of spittle trickled doon ma chin. Drapped ontae the string vest.

Talk aboot shame. Ma face wis the colour o a wee skelpt erse. Thank Christ naebody wis there tae see. Spittin's no that easy, ye know. Taks bloody years o practice. Wimmin canny dae it at aw. Which is why uz men have tae dae it sae much. A can gob wi the best o them. It's juist sometimes, ye ken . . .

Christ, it wis f****n cauld. A shivered. Then leaned ower tae put oan the wan bar electric fire. S****! A went an put ma elbie in the Chinkie cairry-oot left ower fae the night afore. B*****d Chow Mein! God it looked disgustin. I looked doon an like, I thought, that's ma life that is - lyin there in a bashed tinfoil container. It didnae smell that great either. Ma belly startit a familiar groanin. The auld heave ho. Technicolour yawnin. Hughie. A staggered tae the bog. Puked up.

See the state o the cludgie, whaur they make ma character bide! Disgustin. A'd really like tae dae somethin aboot it, ken, but A'm no really allowed. See, when ye're a hardman wha's wife's left him ye canny be seen tae buy Ajax. Far less ken whit tae dae wi a lavvie brush. Although ye're allowed tae make jokes like . . . threaten tae shove it up yer best mate's erse. The lavvie brush, like. No the Ajax. It's a sort o coorse humour. A kinda male bondin thing wi us hard men. No easy tae explain. Don't get uz wrang. It's nothin tae dae wi poofs! It's no that kind o a book. We're

107

talkin central Scotland no New York. Naw, naw. C'mon, we're aw strictly heterosexual.

Oh aye, there's always some chick hangin aroon – usually in the backgrund so they dinnae mess up the story ower much. Ken, like a prostitute wi a heart o gold – that's a good wan. Cos then ye can pad oot the story a bit wi mair lang disgustin descriptions o different bodily fluids for a change.

Or could be a girlfriend wi cancer. Or an ex-wife wha's gone aff wi some rich sod fae Bearsden. That's the best wan. Cos then ye can hae some kids that ye dinnae see. Tae show yer testosterone's o.k. An tae gie ye summit tae get maudlin ower when ye're pished. Or like near suicidal, ken, at Christmas.

A flushed the bog. Looked oot the windae. Grey sky. Pishin doon. An A've nae booze left. Christ A'll get soaked goin tae the offie. Then A minded. Ye c***! There's nae shops open, is there?

It's f****n Christmas!

F****n Christmas an nae anaesthetic left tae ease the pain.

A looked roond at the shit heap o a room. Cauld, bleak, empty. Except for the piles o deid bottles an cans. The burial mound o dirty washin that A can never mind tae tak tae the laundrette. On the mantelpiece sat the photie o ma weans. The weans that A never see.

Christ A felt pissed aff . . . .

Sometimes A think . . . just fur wance can somethin funny an nice no happen tae uz? Just a wee bit o escapist fiction nonsense like winnin the pools, eh? Or just mebbe meetin somebody nice an like . . . haein a good time . . . .

A'm no sayin yer realism's no right . . . It's just . . . ach
. . . A don't know.

A feel . . . ye know . . . efter a time it aw seems tae be
aw the bloody same. Ye know whit A mean?

A shouldnae complain A suppose. A mean, come oan
. . . A'm somebody! A'm no wan o they jerky wee heroes
ye get in yer pulp fiction market. Some wanker in a MY
WEEKLY story.

No way! God, any shite can hae dark broodin eyes an
a chiselled chin in a Mills an Boon. It's dead easy bein
lumbered wi a masterful manner, a powerful job, a yacht,
a deep suntan set aff by a snowy white ruffled front
evening shirt. Sorta job ye could dae wi yer eyes shut,
know what A mean? There's thoosans o them aw exactly
the same.

Now me, A'm no just a stereotype. A'm like . . . quality,
ye know . . . literature an that! University texts, no less.
Christ, set books for Highers.

See ma boss? Him what wrote me? A bloody prize
winner, he is. A'm tellin ye, pal. Straight up! Nae dole fur
him. Nae dank stinkin bedsit wi fungus on the walls an
rats on the stairs fur him. Naw, naw. Nae fags an pie
suppers and deid end fur him. A mean, he is goin places.
He's even got a great big . . . shuge great . . . great big shuge
enormous . . . VOCABULARY!

Straight up. He does interviews tae the Sunday papers.
Philosophy. Politics. Existentialism. Alienation.

See, that's for how come A ken A'm a lumpen prole.
Whit huz been deskilled by society. Exploitit an that.

That's yer alienation an that.

Alienation.

See alienation?

F****n pisses me aff.

109

JAMES MILLER
The Hamecomin

Mary wis comin on for five an she kent a lot. She kent aathin at gied on roond the hoose aa the hours o the day, she kent fit wey her peedie brither wis lookit efter. An she kent fan her faither wis for the sea. For he wid tak doon his muckle leathern boots frae the peg an pit them on ower the thick lang socks at her mither left hingin til warm afore the lowes o the fire.

"It's cauld at the sea."

The boots pit a glamour on Mary. Langer than she wis hersel, she couldna imagine fit it wid be lek til cerry sic clumpan things on your feet. Fan they lay on the grun on their sides, she teeted intil the lang tunnels they made – caves filled aiblins wi gowd.

Bit then, fan her faither cam hame, he brocht til her maist byordnar things. A salmon, cauld an siller an smellin o saut watter, wis naethin til fit he brocht times. There wis far mair byordnar things nor a salmon – craiters lek a starnie or a pink ba o spines at he caad a scaddieman's heid.

"I'm awa then. It's a fine calm day."

An he clumped oot o the hoose in his lang heavy boots. Mary watched him frae the winnock for a whilie. Bit fan ye're busy kennin aathing ye canna afford til watch onything lang – an she picked up the ketlin an kittled his wame an garred him purr.

Her mither wis aye workin. In simmer there seemed no end til the work at needit done. Times her faither an mither spoke aboot needin siller. Mary wisna sure aboot siller. She kent it fan she saw it, fan her mither coonted oot pennies, an, aince, paper pennies til the grocery van at cam aince a week, or fan a visitor pressed a glitterin sixpence intil her liv an she wis telt til say thank you – bit ayont thae things, siller seemed til hae nae use.

Her mither stopped steerin tatties. "Hamish needs his feed."

Mary had seen Hamish sookin aften eneuch sae she liftit the ketlin again an brocht him oot til the close. Frae there, gin she'd bothered til look, she wid hev seen the sea – calm, sae blue it wis sair on the een, shinin, marked wi glitterin streaks o white lace far the tide wis runnin. She could hev seen tae the salmon nets set lek arrows alang the shore, an she could hev seen the cobble wi her faither an his butties gaein aboot the daily simmer work o gleanin the trapped fish.

Efter a while, her mither cam oot, a pail in her han. "I'm gaein til milk the coo. Ye comin?"

"Dinna want til."

Mary stopped far she wis. Her mither gied intil the byre til get the stoolie for til tak it til the park far the coo wis tethered. This happened every day. Bit fit happened next wis new.

Her mither cam oot frae the byre bit she wisna cerryin

the stoolie. Naether hed she the pail. An her face wis set. "I saw your faither. He wis stannin there. He didna speak. He smiled."

Bit Mary kent her faither wis at the sea. She'd seen him gang. He wis aye aff for a whilie. Fit for hed he camen back sae soon?

Her mither didna say anither word bit gied intil the hoose. Mary skippit aff til the byre. Gin he hed camen back she wanted til see fit he'd brocht her. Bit the byre wis empty – teem o aa bit a hen at wis fouterin in the strae. Naethin byordnar – the staas, the hallans, the thekk an its cobwebs high abeen her heid – naethin byordnar.

Her faither an her mither aften said or did things at she couldna understan. This maun be ane o thae things. She gied back til the close an tried til teet in at the winnock. The ketlin pounced on her feet an she skooked doon til grab him an saw some chiel comin. Maggie, the wifie frae the next hoose. Maggie wis auld – Mary heard fowk say this – bit she wis smert on her feet an soon wis stannin richt afore the lassagie.

"Hello, Mary."

"Hello."

Maggie wis gey glum. "Is your mam in?"

"Aye."

Mary gied in efter the auld wifie. Her mither wis sittin at the fire. She lookit up fan she heard feet on the flags.

"Oh, Jess, hev ye heard?"

"I ken. I saw him, nae ten meenits syne."

"Oh ma poor lassie!"

Mary saw her mither start til cown, saw tears come tricklin frae the corners o her een. She cried oot, a high gluffed cry. Maggie bent an pit her airms aroond her mither's shoothers.

112

"It wis a freak wave. They hed nae chance. The sea took them owerboard an filled their boots."

Baith weemin cownin an haudin on til ane anither. Mary didna lek it. She set her teeth intil her lip til stop hersel frae cownin tae bit she didna ken fit else til dae. This wis new – she kent naething aboot this. She gied oot bit only as far as the door far she could still hear the cownin frae but. Then Maggie cam an bent doon beside her. "Oh ma poor bairn."

The auld wife stroked her hair an pressed her heid intil her coorse brat. Oot in the park the coo roared. Mary kent fit at wis for.

"Mam's no milkit the coo yet."

Bit Maggie didna seem til listen for she keepit haud o Mary an rocked back an fore.

"Far's dad?"

Maggie took a lang time til answer. "Your dad's gien awa. Your dad's gien awa an he winna be comin back."

The auld wifie strechened.

"Come on." An she smiled, bit Mary could still see the tears on her cheeks. "We'd better milk the coo, eh? Will ye help me? Then we can come back an help your mam?"

Mary wanted til ken far her faither had gien. He hed been at the sea, he hed been in the byre, an noo he wis gien? Fit way wis he no comin back? In the park she saw at Maggie wisna kent til the coo fa widna stan at first. Mary took aa this in. By this time she sensed at this wis a byordnar day. She kent at things wis never til be the same again. She wis learnin fast.

113

WILLIAM J. RAE

Antic Disposition?

I see by yesterday's paper that Norrie Campbell's awa, and he wadna yet be saxty. It doesna say whit wis wrang wi him – juist that he had been ill some whilie.

It's maybe nae tae be wunnert at. There wis aye somethin nae juist richt aboot Norrie. Ken whit I mean? Fowk wha gaed tae the schule wi him tellt me he wis gey dwaiblt as a loon, mair aften awa nor present, though some'll say he wis plunkin maist o the time. Gin the Attendance Officer had taen a thocht, and had socht him wi mair fusion, he micht hae fund him mony a day sittin by the burnie near Fowlie's fairm. But the Attendance Officer for that district wis a piner himsel. Aye aff his wark wi a cauld or a sniffle, mair like.

Onywey, though we lived in neeborin toons, it wisna till the War that I met Norrie. We baith landit in the R.A.F., but oor paths niver crossed till we were postit tae the same squadron in Burma. It wis but naitural that baith o us bein Jocks, and frae the same airt, we'd become freens. We bade in the same tent whaun under canvas, or

114

in the same basha (hut) whaun condeetions were mair luxurious-like. I gat tae ken him richt weel. I dinna juist refer tae his faimly backgrund, though I gat tae learn that. His faither wis a draper in Inversnoddie, and Norrie wis the only son, albeit there were twa sisters baith aulder nor himsel, wha had fair spiled him (readin atween the lines), and ane o them had recently merriet a Yank. Norrie wisnae sair pleased aboot that, nor yet wi the notion o the drapery business as a future for himsel. Whaun I said I gat tae ken him richt weel, I wis alludin mair tae his weys. I suin jaloused that if Norrie didna want tae dae somethin, as shair as daith he could get oot o daein it. And mair nor aince it wis clear tae me that he wisnae aa that suitit wi the military life itsel. But he could be grand company, and I niver gied that side o him muckle thocht.

Lookin back nou, ower the birn o years that hae elapsed since the War, I keep mindin a remark he wad occasionally cam oot wi. At the time I thocht it nae mair nor a joke. Oot in Burma, afore we gat the jungle green tae weer, we were issued wi khaki-dreell shirts and shorts. Weel, frae time tae time, Norrie wad say:

"And tae think I jined the Air Force insteid o the Army sae that naebody could caa me a Khaki Campbell . . . ."

But wis't a joke? Judge for yoursels.

I say that because o whit happent ae mornin we were on oor wey tae wark at the air-strip. An awfu thing tuik place. Did Norrie nae faa clean ower the tail-boord o the lorry, and it had juist began tae gaither speed and aa . . . . Guid kens if someone gied him a bit powk, or whether he tint his balance suddenlike, or if a dwam had come ower him. Onywey, he wis clean knockit oot. He'd struck the road wi his heid and it wis a gey serious affair.

I wis worriet aboot him aa day and gat permission tae

veesit him in the hospital that nicht. Oor squadron M.O. wis waitin on me ootside the ward, and tellt me he'd regained consciousness, but seemed tae be speakin naething but styte.

"For instance, when I said we'd inform his parents about the accident, he told me his mother was a Duke. I ask you . . . . It would have made a bit more sense if he'd said his father was one, but even then . . . . You're his friend. See if you can get something more coherent out of him, will you?"

Weel, I felt real pit oot wi that news, and my hert wis in my mou whaun I gaed in tae see Norrie. But though he wis as white in the face as the snaw on Ben Snoddie, and his heid wis aa happit up, like a bobbin wi bandagin, he didnae luik sae peelie-walie as I had been expectin him tae. I spiert at him hou he wis feelin, and he tellt me, "Nae bad. A bittie shakken-up like." Efter that, whaun newsin, he showed he couldnae mind hou he came tae faa aff the lorry, though he could mind o bein on it. Syne, I spiert at him whit he'd meant by tellin the M.O. that his mither wis a Duke. Man, that fair pit him in a bicker. I thocht he wis gaen tae bile ower.

"I niver said ony sic thing. That wad be daft tae say my mither wis a Jook."

The load wis scarce liftit aff my mind whaun he gaed on tae say:

"I tellt him as plain as the neb on your face that my mither's a dyeuck. Surely he could understand that. Why, I even said that if he wantit tae contact her, he wad find her dibblin her feet in Fowlie's burnie. A Jook indeed . . . ."

I wisnae shair whether tae lauch or greet. He'd tellt me his mither had dee'd twa years syne. I quaitly suggestit

116

that shairly his mither hadnae been a dyeuck. That gat his dander up aa the mair, and I thocht I wis daein but ill tae pit an injured chiel intae sic a birr.

"I'm tellin you she wis," he cried. "I dinna usually mention it – it's a kinna faimly secret – but dae you ken whit my first words were?"

I shook my heid.

"Nae 'Da-Da', nor yet 'Ma-Ma' .... My first words were 'Quack, quack!'"

I could see that argy bargyin wis tae be nae uis. It micht caa him even mair oot o his stot. Sae I juist held my peace on the subject.

Ootside, I tellt the M.O. whit Norrie had said tae me. Bein a Hampshire billy, he had nae caught even a glisk o whit his patient had been tryin tae lat him ken.

"Good heavens," he exclaimed. "The man must think I was born yesterday .... All the same, you never know with a head injury. It can produce strange after-effects .... Hmm ...."

Syne, as they doctor lads niver like tae lat you ken they're in ony doobt, he said quick-like: "Of course, after a day or so, it may clear up and he'll forget all this nonsense."

But deil the bit o it .... Ilka day I gaed tae see him for that week he wis aye speakin in the same vein, and growin mair and mair roosed because naebody wad assure him that his mither, the dyeuck, had been informt o the accident. Efter that, they tuik him tae a Base Hospital and I didna see him for mony a year. But I did hear whit happent tae him. A Corporal Medical Orderly gat it frae the M.O., and passed the word on tae me.

It seems aa the specialists o the day had been caa'd in tae luik at Norrie. In spite o the fact they couldnae find

117

ony veesible damage til his brain, he'd grown waur and waur. As suin as he could rise frae his bed, he tuik tae waddlin insteid o walkin. They say Chairlie Chaplin wisnae in it wi oor Norrie. Syne, whaun he wis slockin his thirst, he growe tae throwin back his heid tae lat the drink doon his thrapple. He startit tae blink maist byordinaur, and glowert through nairrowt een. Waur nor that, for haill days aa that he wad say tae onybody wis: "Quack, quack." Nae doobt some o the medical experts wad tak that personal-like . . . . They say that ae Smairt Alec o a doctor had suggestit the haill affair micht fittingly be caa'd a "canard". Onywey, it didnae maitter. In the hinner-end, Norrie gat an honourable dischairge on medical grounds.

For a lang time efter the War, I wis doon in London, warkin, sae I had nae chance o seein Norrie again for a bit o a crack. But I heard he'd settled doon and had spent a puckle years in the draper's business – ere his faither dee'd. It maun hae been a sair trial til him, that. Nae suiner wis the shop his ain than he'd convertit it intil a bettin shop. Syne there wis nae haudin him. He'd grown mair and mair prosperous, and efter a whilie as a Cooncillor, had gat on for Provost o Inversnoddie. In aa that time I dinna suppose I met him above aince or twice. But he wis blithe tae see me, and spiert aboot life on the squadron efter he left, and socht ony news o oor auld comrades. Juist aince, I daurt tae say, a bit sly-like:

"Whit aboot that dyeuck affair, Norrie?" Efter aa, he could speak freely nou.

He didna luik sair pleased.

"Man, I've aye regrettit gien awa the faimly secret. It maun hae been that dunt on my heid." I could see that wis tae be that . . . .

118

Sae nou he's deid, and I doobt we'll niver ken the truth o things. Mind you, there wis ae queer thing happent in the post-War years. The Provost o oor ain toon tellt me aboot it. He fell near tellt aabody, I micht add. It seems he and Norrie had been at a denner for civic heids and a waiter had tried tae serve Norrie wi a plate o roast dyeuck. Weel, he had gaen near gyte at that, and had roart oot:

"You should ken better nor expect me tae eat that!"

He'd made a richt stramash ower the heid o't – had even ranted aboot cannibalism.

Weel, I wadna set ower muckle store by that mysel. It doesna preve onything efter aa. Forbye, there's something else. We keepit oorsels frae gaen daft oot in Burma by singin sangs, aften real roch and coorse anes.

Ane o the mair respectable sangs that the lads wad belt oot in the Squadron Canteen began wi these words:

"Be kind to your web-footed friends,
For that duck may be somebody's mother . . . ."

Norrie maun hae heard it and sung it and aa. It could hae gien him ideas. Aa the same, I wish nou that I had taen mair notice o his feet, especially on the day we had a swim in the Chindwin thegither. Ah well, it's ower late nou, I suppose.

Mind you, I could aye spier at the undertaker.

Gawd, Ah'm bored! Five weeks o lyin here tryin tae keep ma bluid pressure doon – an fur whit? So that Ah kin safely gie birth tae anither wee beggar that'll likely help tae send it sky-high when Ah finally get him back hame. Ah wonder whit kinnae state ma hoose is in wi Chairlie left in chairge o the ither three. He dis his best but a hoose needs a wummin's touch.

Hoo did Ah get masel intae this predicament? Ye'd think at ma age Ah'd be too wise tae get nabbed again. Ah'm shair it must ha been thon Hogmanay pairty. Ah shouldnae've had that ninth vodka. Hoo will we manage wi anither bairn tae feed an ma man oot o a job fur the last year an a hauf?

Mind ye, at least Ah've goat a man, no like that puir wee sowel in the next bed. Cannae be much mair than sixteen, if she's that. Whit a start in life, lumbered wi a wean afore she's had ony life o her ain. Probably jist oot o skill tae. Seems tae like her readin, the wey her nose is aye stuck in a book. She'll no get much time fur that yince her wean's born. That'll be it, a life spent runnin efter somebody else fur at least the next sixteen years, or mibbie mair if oor Alison's pair are onythin tae judge bi. Nearly in their twenties, an a mair haundless lot ye couldnae imagine. Ah dinnae ken hoo she pits up wi them. Ah'd sin knock them intae shape if Ah hid tae look efter them fur a coupla weeks.

An there's Isa Wilson fae oor street, knittin awa like mad o'er there. Fower miscairriges she's hid. Still, hope springs eternal an aw that. She's hid tae lie nearly six months noo – wonder whit her auld man's gettin up tae while she's in here. Always wis yin fur chattin up the birds – he'll be havin a rare auld time tae himsel. Still, he never misses a visitin hoor.

Look at thon daft toffee-nose bitch in the corner, paintin her taenails.

Ah'd like tae take her doon a peg or twae. Armani tastes an What Every's income. Likes tae let everybody think she's loadit, but Ah ken fur a fact she's run up that much tick in oor area, she's tae go richt intae toon tae get her messages noo. She's convinced she's gaun tae hiv a lassie this time. Goat a name picked oot ready – Norelle, efter her man Norman an her mither Ella. Norelle McLauchlan! Ah ask ye! Ye'd think she came fae Ramsay Street. She's boucht hauf a dizen wee frocks, tae. Serve her richt if it's a big strappin laddie.

"How're ye doin, Mrs McLauchlan? You shouldnae hae long tae wait noo – three weeks tae go is it? Ach well, they micht take ye early. It depends hoo badly they need the bed."

Ah, here's the dinner trolley. At least it relieves the boredom fur a wee while, even if the food is sae tasteless – nae salt, ye see – bad fur the bluid pressure. Whit Ah widnae gie fur a fish supper, slaiggered wi salt an vinegar – or a Chinky. Mibbie Ah could get yin delivered an sneaked in the windae. Come tae think o it, Ah micht be temptit tae haul the wee Chinese laddie in the windae tae. Ma hormones must be loupin or somethin, but it's bin a long time. Ye'd think it wid pit me aff – that's hoo Ah goat here in the first place.

Somethin'ull need tae be din – this is definitely the last. Mibbie Chairlie wid go fur a vasectomy. Fat chance! "That's wummin's business," he'd say. Big feartie. Ah'd like tae see him chingein places wi me noo. He widnae be sae keen at bedtime efter that.

"Whit's that, nurse? Dinnae eat ma dinner? Whit? Richt this meenit? Ye micht ha gied me some mair warnin. Och Ah dinnae need a wheelchair. Oh, rules is it? Cheerio then girls. Ah'm awa fur ma hurl up the long corridor."

Och, Ah'm no lookin furrit tae this. Wish it wis aw by wi. Ah hope some day thae weans o mine'll appreciate whit Ah went through tae bring them intae the world. Look at the state o me, gettin hurled aboot like an auld granny.

There's that nice Nurse Bryce gaun aff duty. Nae wunner she's smilin. She'll be gaun hame tae a nice meal an a cuddle fae her man. Wish Ah could chinge places wi her. Gawd, we're here already. Ah widnae hae mindit this corridor bein anither coupla miles long. Right! Guid deep breaths an get oan wi it.

"Ye want me up oan the table then, doctor? No, Ah've niver been induced before. Seduced mibbie, but niver induced. Feet thegither, knees bent? Let ma knees fa tae the side? Oh sorry – keep ma feet thegither. Is that aricht? Yes, Ah understand, doctor. Yes Ah see. Guidness me, it looks jist like a crochet hook!"

Aw weel, here Ah go again. Ah sweer Ah'm gaunae stick tae Coke fae noo oan.

DUNCAN & LINDA WILLIAMSON

The Boy and the Blacksmith

Many years ago there lived an aul blacksmith, and he had this wee smiddie bi the side o this wee village. He wis gettin up in years; he wis a good blacksmith when he was young, but he wis getting up in years. But one thing this blacksmith had was an auld naggin woman who wadna give him peace, and the only consolation he cuid get was tae escape tae the comfort o the smiddie an enjoy hissel in peace an quietness. Even though she was as bad, narkin and aggravatin him, she always brung him in his cup o tea every day at the same time. But times wis very hard fir im an he was very idle, he hedna got much work to dae one day.

"Ah but," he says, "well, ye never know who might come in – I'll build up the fire."

So he bild up the fire, he blowed up the smiddie fire an he sat doon. Well, he sat by the fire a wee while, he's gazin intae the fire when a knock cam tae the door. An the auld man got up.

"Ah," he said, "prob'ly this is somebody fir me; but

whoever they are, they dinnae hae nae horses cause I never heard nae horses' feet on the road."

But he opened the smiddie door an in cam this boy, this young man, the finest-luikin young man he'd ever saw in his life – fair hair, blue eyes – an he wis dressed in green. An he had a woman on his back.

"Good mornin," said the blacksmith tae the young man.

"Good mornin," he said.

He said, "What can A do fir ye?"

He said, "Are you the village blacksmith?"

He said, "I am – well, what's left o me."

You wouldna mind," he said, "if you would let me hev a shot of yir smiddie fire fir a few minutes?"

"Oh no," the man said, "I'm no wurkin very hard the day. If ye can – come in and help yirsel!" The old man thought he wis gaunnae use the fire, mebbe fir a heat or something.

So the young man cam in, an he took this bundle off his back, left it doon o' the floor. An the old man luikit, he wis amazed what he saw: it was a young woman – but she was the most ugliest-luikin woman he hed ever seen in his life – er legs wis backside-foremost, an her head was backside-foremost, back tae front! And her eyes wis closed – she wis as still-l-l as whit cuid be.

Noo the young man turned roond tae the blacksmith an he said, "Luik, old man, you sit doon there and let me hev yir fire. An luik, pay no attenton tae me – what I'm gaunna do – whatever ye see, don't let it bother ye!"

The aul blacksmith said, "Fair enough, son!"

So the young man rakit up the fire an he catcht the young woman, he put her right on the top o the fire. And he covered her up wi the blazin coals. He went tae the bellows, an he blowed an he blowed an he blowed an he blowed an he blowed an he blowed! An he *blowed* her till he burnt her tae a cinder! Dher wur nothing left, nothing but er bones. Then he gaithert all the bones, and he put them the top o the anvil; he says tae the auld man, "You got a hammer on ye?"

The old man went o'er an he gied him one o thon raisin hammers, two-sided hammer. An he tuik the bones, he tappit the bones inta dust – till he got a wee heap on the top of the anvil – every single bone, he tapped it in dust. An the auld man's sittin watchin him! He wis mesmerized, he didna ken whit wis gaun on.

The young man never paid attention to the auld blacksmith, not one bit. Then, when he hed every single bone made intae dust, gathert all in a heap, he sput intae it, sput intae the dust. An he rumbled it wi his hands an he stude back fae it. Then the amazines thing ye ever seen happent . . . the dust begint tae swell an begint tae rise – an it rose up on the top o the anvil – it tuik into this form. An it tuik into the form o the bonniest young wumman ye hed ever seen in yir life! The beautifules young wumman ye'd ever seen in yir life an she steppit aff the anvil. The young man smiled at her, she pit her airms roond the young man's neck an she kissed him, she wis laughin and cheery. And the auld man never seen the likes o this afore in his life.

The young man pit his hand in his pocket, tuik oot seven gold sovereigns an he says tae the auld man, "Here, you take that fir the shot o yir fire." And he tuik the young lassie's airm. But before he walked oot the door he turnt tae the auld man, said, "Luik, remember something: *never you do what ye see another person doin*!" And away he goes, closed the door.

But the aul blacksmith, he sut an he sut, an he sit fir a lang while. He put the seven gold sovereigns in his pocket. Then he heard the door openin and in comes this aul cratur o a woman.

"Are ye there, John?" she said.

"Ay," he said, "Margaret, I'm here."

"Well," she says, "I brought ye a cup o tea. Hev you no got any wurk tae do instead o sittin there in yir chair? Are there nothin in the world you cuid find, cuid ye no get a job to do? You been sittin there noo fir the last two hours and ye've done nothing yet! How're we gaunna live? How're we gaunna survive? Here's yir tea!"

Auld John took the cup o tea up an he drunk hit. An he luiks at her, he thinks, "I've spent a long time wi her, an she's jist about past hit. Wouldna A be better if I hed somebody young," he said, "tae have aroond the place instead o luikin at that auld wumman the rest o ma life?" So he drinks the tea as fast as he cuid. He had made up his mind – an afore you could say "Jack Robinson" – he snappit the aul woman!

She says, "Let me go! What are ye doin, aul man?"

He says, "Come here – I want ye!"

He catches her an he bundles her – intae the fire wi her. And he haps her up. She's tryan tae get oot an he's haudin her doon wi a piece o iron. He's pumpin wi one hand an holdin her doon wi the other hand. An he pumpit an he pumpit, he blew an he pumpit an he blew. And her shrieks – you cuidha heard her oot o the smiddie – but fainter an fainter got her shrieks, ti he finally *burned* her tae an ash! Dher wur nothing left o her. The last wee bits o clothes belangin tae her, he put them in wi the tongs on the top o the fire. . . . He burned her tae an ash. He's cleart back the ashes – an there wis the bones o her auld legs an her hands an her heid an her skull lyin i this – the way he placed her in the fire. He says, "That's better!"

Gathert all the bones he cuid gather an he put them the top o the anvil, he choppit em, he rakit em up and he choppit em. And the wee bits that he cuid see that were hard, he choppit em again and rakit em, gathert them up in a nice wee heap. He got her a-all ground intae a fine dust! Fine powder. There's a good heap on the top o the anvil.

Then he stude back, says, "This is the part I like the best." So he sput in it an he rakit it wi his hands . . . . Nothing happent. He sput again intae hit – nothing – he tried hit fir about five or six times, but nothing happent.

So he sut an he scart't his heid. "Well," he said, "that's hit. I cannae dae –" and then he remembered whit the wee laddie tellt him. "Now," he said, "she's gone now." And he felt kin o sad, ye ken, she wis gone. "What am I gaunnae dae? I'm a murderer noo, whit am I gaunnae dae?"

So he finally rakit all her bits o bones intae an auld tin aff the anvil. He dug a hole in among the coal dross, he pit the tin in an he covert hit up. He went inta the hoose, he collectit his wee bits o belongings that he cuid get – what he thought he wad need – his razor an his things that he needit an his spare claes. He packit a wee bag, locked the smiddie door, lockit the wee hoose an off he goes – never tae show his face back the smiddie again – i case somebody would find oot whit he'd dune.

So he traivellt on an he traivellt on, here and there an he's gettin wee bits o jobs here an wee bits o jobs there, but this wis always botherin his mind. He traivellt on an he traivellt on. Noo he's been on the road fir about a year, but things begint tae get bad wi him. His claes begin tae get

128

torn, his boots begin tae get worn, he cuidna get a penny nowhere. But he landed in this toon.

An he's walkin intae the toon, when he cam to an old man sittin ond a summer seat wi a white beard. So he sat doon beside him, he asked the auld man fir a match tae light his pipe. (There were nothing ind his pipe – just dross!) So he got tae crack wi the auld man.

The man said, "Ye'll be gan doon tae the village tae the gala, tae the fair!"

He said, "Are there a fair on i the toon?"

"Oh, there's a fair here every year," he said, "a great fair gaun on i the toon. They're comin from all over tae try their luck at the fair. What's yir trade?" the auld man said tae him.

He said, "I'm a blacksmith."

"Oh well," he said, "you shuid do well there. The're plenty jobs fir blackmsiths, they're needin plenty wurk. But, isn't it sad – hit'll no be the same fair as hit wis last year."

"How's that?" said the auld smith.

"Well, ye ken, it's the king's daughter," he said. "The poor lassie she's paralysed, an she's the only daughter belonging tae the king. He adored her tae his heart, brother. She cannae walk – somethin cam ower her, she cannae walk an she's in a terrible state – er puir legs is twisted, her head is turned backside-foremost. An the king would give anythin i the worl if somebody cuid dae something for her! But they sent fir quacks an doctors all over the worl, but naebody can dae nothing for her. But," he said, "seein yir a blacksmith, could ye help me?" (He had this wee box of tools, ye see.) "I have a wee job fir ye."

The old smith says, "Right!"

Go roond: an it wis a skillet the auld man hed, he said,

"Cuid ye mend that tae me?"

"Ay," he said.

Tuik him roond the hoose an he gi'n him somethin tae eat. The auld smith mended the skillet, and he gien him two shillins. This was the first two shillins he had fir a long long while.

So the auld blacksmith made his wey doon tae the toon an the first place he cam tae wis a inn. He luikit, folk were gan oot an in an the fair wis goin – oh, it was a great gala day! "Well," he says, "I canna help hit, fair here or fair there I must go in here!" So he went in. An drink i these days wis very very cheap, bi the time he drunk his two shillins he wis well-on!

Then he cam oot an he walkit doon the street. Och, what a place he cam tae! But then he thocht tae his ainsel, "I'm silly, I'm moich – me, a learned blacksmith – I cuid be well aff!" He says tae this man, "Whaur aboots is the king's palace?"

What'd the man say, "Up i the hill," he said, "that big place up i the hill – that's the palace. Up that drive, follow the drive!"

So wi the drink in his heid, he walked up tae the palace, an he wants tae see the king. The first he met wis a guard, king's guards.

The guard says, "Where are ye goin aul man?"

He said, "I want to see the king."

An the guard said, "What di ye want tae see the king fir?"

"I come," he said, "tae cure the king's daughter."

"O-oh," the guard said, "jist a minute! If you come tae cure the king's daughter . . . where dae ye come fae? Are ye a doctor?"

"No, I'm not a doctor," he said; "I'm a blacksmith, an

130

I come tae cure the king's daughter."

Immediately he wis rushed intae the king's parlour an pit before the king and the queen. The auld blacksmith went down on the floor o' his knees an he tellt the king, "I can cure yir daughter, Ir Majesty."

"Well," the king said, "if you can cure my daughter, I'll make ye the richest man . . . ye a blacksmith?"

"Ay," he said, "I'm a blacksmith."

"Well," he said, "I'll give ye a blacksmith's shop an everything ye require, and all the trade! I'll see that nobody else goes nowhere, excepts they comes to you – if you'd cure my lassie. Make her well is all I require! But," he said, "God help ye if anything waurse happens tae her!"

The aul smith said, "Have you got a blacksmith shop?"

"Oh," he said, "they've got a blacksmith shop here; in fact, we've one fir wir own palace wurk an ye'll not be disturbed."

"Well," he said, "hev ye plenty smiddie coal?"

"Come," the king said, "I'll show ye myself, I'll take ye myself tae the smiddie." He went down, an all the smiths were at work in the palace smiddie. He said, "Out, out, out, everyone out!" Locked the back door. He says, "There – anvil, fire, everything tae yir heart's content."

The auld smith kinneled up the fire, pumped it up – blowed it ti it wis goin! He says tae the king, "Bring yir daughter doon here an I don't want disturbed! I don't want disturbed."

O-oh, jist within minutes the young lassie wis cairried doon o' the stretcher an placed i the smiddie. The auld man says, "Now, everybody out!" Closed the door. An the young lassie's lyin, legs twistit, head backside-fore-

131

most – the identical tae the young wumman that he had seen in the smiddie a long time ago! Smith said, "If he can dae it, so can I!"

So he kinnelt up the fire an he placed her ond the fire. He blowed, and he pumpit an he blowed and he blowed, an he blowed an he blowed an he blowed an he blowed. An he *burnt* her ti there were no a thing left. (Noo, he had tellt the king tae come back in two hoors. "Two hoors," he tellt the king, "yir daughter'll be as well as cuid be.")

So, efter he collectit all the bones oot the fire, he put them on the top o the anvil. He got the hammer and he choppit an he choppit, he grint them all doon and he gathered them all up, put them on the top o the anvil. An he sput in it. He waitit. He mixed hit again. An he sput an he waitit. But he sput an he waitit, he sput an he waitit, he sput an he waitit. But no, there was no answer, nothing wad happent.

Then he heard a knock at the door. He says, "That's them comin fir me. Ach well – it's death fir me an the're nothing I can dae aboot hit." He opened the door, and in cam the young laddie, brother! In walked the young laddie an he looked at the blacksmith.

"Didn't I tell you, " he said, "a long time ago, *not tae dae whit ye see another body daein*!" And he drew his hand, he hut the blacksmith a welt the side o the heid and knockit him scatterin across the floor! "Now," he says, "sit there an don't move!"

Young laddie gaithert the ashes that wis scattert the top o the anvil in his hands, an he sput in them. Then he mixt them up, an he waitit . . . A thing like reek cam oot o the anvil aff o the bones, a thing like reek cam oot. Then the thing took a form . . . the mos beautiful lassie ye ever seen – the king's daughter back – laughin and smilin like the're nothing happened!

And he said, "You sit, don't you move! Don't you move one move! Sit an wait till we're gone before you open that door!" He walked over an he pit his hand inta his pocket, "But, I'm no gaun tae lea ye bare-handed – " he says, "haud yir hand!" tae the aul blacksmith. "Noo, remember again: *never never dae whit ye see another body daein!*" 'Nother seven gold sovereigns in the aul blacksmith's hand. "Noo," he says, "remember, never let hit happen again as long as ye live! And don't open that door till we're gone."

Jist like that the young laddie an lassie walkit oot. An then there were a clappin o hands an the music startit, and everything died away. De aul blacksmith sut an he sut and he sut . . . .

Then he heard a knock at the door. He got up and he opened the door, in cam his aul wumman.

She said, "Are ye there, John?"

"Aye," he said, "God bless ma soul an – "

She said, "Dae ye never think o doin any kin o wurk atall, do ye sit an sleep all day? Nae wonder we're puir." She said, "Here's yir wee cup o tea – drink hit up – I see a man comin alang the road wi a horse, an you better get the fire kindled up!"

"Thank you, Maggie," he said, "thank God, Maggie, thank you, my doll, my darlin, thank you!" An he pit his airms roond her, he kisst her.

She says, "Ach ye go, John, what dae ye think yir daein? It's no like you ataa! Were ye asleep, were ye dreamin?"

"Mebbe," he said, "A wis dreamin, Maggie, mebbe A wisna. A better kinnel the fire up." He luikit doon: here's a man comin doon the road wi a pair o Clydesdale horses.

133

SHEENA BLACKHALL
Lady's Choice

Jist merriet, Janet McHardie wis bein led roon the guests like a prize heifer, bi her faither, Jeems Cochrane. The guests hid pyed guid siller for the presents – hidna mockit her – war entitled tae gie her the aince-ower. She wis wearin a wee fite hat, clapt abune her lugs like a booed ashet. She passed Kirsty's table wi nae devaul – a shargered scrat o' a bride: it nocht merriege an' bairns tae beef her oot a bittie.

"Fancy wearin' a hat like yon!" observed a weel-wisher.

"Mebbe she's bauld," quo anither.

"Bauld or no, he'll nae be carin, the nicht," snichered a third.

Jeems Cochrane plunkit himsel doon aside Kirsty, pechin like a scrapit soo. She cudna suffer him – he mind't her on a traction engine – the mair whisky ye poored doon him, the mair he loot aff steam, puffin oot twa chikks as reid's a bubbly jock's gobblers. She hodged awa, as he socht her leg, wi his orra ham o' a haun. There wisna a

134

decent bit aboot him; his spik wis as rank as dung, and the reek o' sharn clung till him despite some sma attention wi carbolic saip. She wis obleeged tae the chiel for the eese o' his cottar hoose, bit cannie niver tae let him in ower the door. A widow-wummin couldna be ower carefu in a sma place, wi the likes o' Jeems Cochrane as a landlord.

"Dis it nae mak ye jealous, noo, thinkin foo Janet'll spend the nicht?" he speired.

She didna heed him or his orra spik, far mair taen up wi surveyin the guests. Waddins and funerals; human calendars. Fowk ye'd kent in Spring mid-ben a short simmer; flaxen barley weiren nearer the hairst. Ithers, wha'd been stracht's a blade whan ye wis a bairn, were stookit sheaves noo – the auld fowk, huddlit thegither, wytin o' the last shak o' the win. It wisna mowse – it feared ye tae think on't.

There wis John Dow, careerin roon a jig as fu's a puggie, oxterin up a wee punk quine wi hair as spikey's a hedgehog, as skyrie's a rainbow. John, wha'd haen a thatch like Samson's, near as bald as a pickit hen . . . . An Aik Coutts, smoorichan intil a dumplin o' a waitress half his age, his sporran heist till her apron – an her kecklin like a kittlin. Aik wis as braid i the belt noo, as he'd aince been thin as the links o' the crook.

There wis desperation in middle-aged shennanigans. Past their youth, bit sweir tae loot it gae, sweelin doon drams like wild wallagoos, cockin a snoot at auld age, kickin stew in its een. Auld age snichered at their antics – they widna swick him. They'd seen be aa his ain.

The young fowk wis mair genteel, for aa their unca rig-oots – forbye's a pair o' limmers kinoodlin in a neuk. It wid jist scunner ye, thon, thocht Kirsty. Did they nae ken whit wids wis for?

135

It wis queer tae sit in yon oot-o-the-wye dance ha, efter sae mony years. Stags' heids, fair ferocious in antlers, studded the wa-heid, aneth the beams. A stoot placie, biggit tae laist. B'wye o' a cheenge, there wis a decapitatit moose, wi bools for een, nailed abeen the exit sign. She cudna mind on thon moose ava, in her coortin days.

Jeems Cochrane plunkit doon a dram afore her, his creashie haun aye sikken hers. She took nae tent, sittin dwaumin. It wis twintie year syne, on her faither's fairm ben the road. The loons war riggin for the ball. She could hear the bath tap rinnin, see her sisters blaiken the laddies dance sheen, the snafite sarks airin afore the fire, the filed dungarees and glaured tacket buits in a bourich b' the stick box. Doonstairs cam the loons – near filled the kitchie, their hairty lauch; shaved, douve, spruced up, tormentin the bik collie till she snapped, an' bein raged for their divilment b' the auld man.

The quines took langer tae rig – scutterin wi scent, ficherin wi peint, wi powther . . . waur nor fishin, catchin a lad. Gin the bait wis wrang they widna tak, and naething fleggit the craiturs quicker nor seemin ower keen. Ye'd tae gie them a slack line afore ye hooked them richt . . . .

Duncan Le Brun hid been Kirsty's lad then. He wis tanned like a troot, a dark-haired loon, half Scots, half French-Canadian. His faither hid bin a widcutter, cam ower durin the war, and merriet on a local quine. Duncan himsel hid followed his faither intil the forestry wirk. He wis bonnie spoken, Scots wi a French lilt, bit by-ordnar jealous. Aince, he'd thrashed a loon fur jist smilin at Kirsty.

She cudna complain itherwyes. Some chiels lookit quate as lambs, danced as prim as lairds – bit ootside the hall, on the lang, derk walk hame, they near rippit the

136

breeks aff a body. It wis fecht an scrat wi aathin in ye, till ye clouted them back till their senses. Nae Duncan, tho'. He wrocht up quick, like the ithers, bit took 'Na' nicely. Said he'd ower muckle respeck fur his lassie tae treat her roch.

Noo, he wis spikkin o' merriege. Kirsty'd bin dookin in shallow watter – he wis in ower deep for her. She wisna near ready for merriege, and nae wi Le Brun, onywye – his French bluid ran contrar tae that.

So she telt him straicht. She mindit on it fine . . . the band, tunin up – her lad there, meltin like sna at the sight o' her. Like haudin a butterflee in yer haun, sic a fragile thing wis human happiness – sae easy bladdit, 'specially anither's. Kirsty couldna be glib, hidna the gift o' the gab.

He cam up, smilin.

"We're feenished."

As if she'd skelpit his face, his colour gaed fite, syne reid. Tears wis weetin his chikks. Le Brun, that made on he wis aye sae gallus, greetin like a bairn fur aa tae see. Affrontin himsel – affrontin baith o' them. If iver she wis switherin, yon sattled it.

Ye wid hae thocht she'd hae mindit on the moose's heid, wi Duncan bein half-Canadian. Or did mooses cam frae America? She wisna sure.

Jeems Cochrane gaed her a dunt.

"Is yer drink nae guid, wummin? Ye hinna touched it . . ."

His dother Janet danced in aboot. The groom wis haudin her like a weet cloot, as if feart she'd leak ower his sheen. Kirsty couldna think fit Janet saw in the peely wally, though abody else thocht him a fine catch, a chemist an aa, frae Dunoon. Dunoon, for Christ's sake . . . wis the local loons nae guid eneuch for Cochrane's pernickity dother? Kirsty eed him, far ben in doot.

Nae that she couldna hae merriet a professional body – a man wi a clean sark for ilkie wik day, like he wis gentry – nae like a man body ava. Nae like the men she'd kent.

College-learned, fowk hid expeckit her tae merry a lad wi letters till his name. There'd bin college dances – genteel affairs – abody mim-moued, fair clartit wi civility, stinkin the place up wi etiquette, quotin dauds o' dirt o' buiks like they'd scrieved them thirsels. Bit nae kindness in their claik. They haunlit words like hyows, weedin oot yer mistakes for ye, hell bent on improvin ye, supposin ye wintit improvin or no.

It wisna Kirsty at yon affairs, bit a quine she hardly kent, affrontit o' her fowk, affrontit o' yer ain affront. College dances, like college fowk, wis like walkin barfit ower cut glaiss, like skitin ower bog, green and bonnie on tap, a quagmire aneth. The loons wore their pedantry like a skin, speiled lang langamachies on 'the meanin o' life,' fitever that wis – and them hardly brukken the shell o't let alane tastit the yolk. Barely weet ahin the lugs, nae lang oot o' hippens, they'd claik aboot politics, religion, philosophy – onything ye couldna touch, or haud – ower feart tae let the bonnie broukit watter o' reality rin ower them.

She didna feel safe wi them, nor easy . . . glowerin, jittery at a quine frae ahint their glaisses, like ye micht bite – couldna grip ye ticht an firm an sure in a dance, like the hill-bred lads. Nae sap, nae strength for a quine tae lean on . . . it hid aa run till their heid.

College wis a crossroads – traivel forrit or back. Kirsy had keepit the kent road. Patterns repeatin thirsels . . . that wis fit fowk sud be. So she'd merriet a local laddie, same stock as her faither. Hid he lived lang eneuch tae bairn her, that bairn wid hae been ages wi' Janet Cochrane, her that had wad the ootsider, McHardy frae Dunoon.

Aik Coutts dowpit himsel doon aside her, pechin wi swat.

"The bride's takkin a lang time tae shift. She widna be feart, wid she?" he lauched. There wis coorseness in the lauch.

The compere wis ficherin wi the microphone.

"Cheenge partners please."

Cheenge partners. Bein feart. Kirsty kent aboot being feart, aboot cruelty.

The fairm . . . an' a neighboor's laddie tyin a yowlin kittlin intil a sack, syne steenin it doon the burn till it drooned. The kittlin, tearin at the sack, the loon, lauchin, the sack gaun slack, shapeless, floatin awa, cheenged athegither, intil a crushed, limp, ugsome thing ye couldna look on, kennin fit wis inside it. The loon, lauchin. "Ye're pyed weel back, for ony ill ye dae," her fowk hid telt her.

Le Brun, greetin.

Richt efter feenishin wi Duncan, she'd fa'en in towe wi Robbie. It hidna taen lang tae ken she wis in deep this time – weel ower the heid. He hid jist tae look at her, for a new feelin tae claw at her insides – ain she couldna guide nor maister. If yon wis love, it wis coorse, fur the thocht and the wintin o' him widna lat her alane. She couldna thole fin he was aff-haun – like the meen fillin the wids by nicht, the hale licht o' her bein hung on his moods.

An he *wis* a byordnar moody divil. She'd jist tae wheeple, fur Duncan tae rin – she micht wheeple till she wis hairse, bit Robbie widna heed her; he wis aa pride. She couldna boo nor bend him.

There wis *ae* wye tae win him – the auldest wye, a wye she'd niver tried, bit abody tries come time, gin the wint be sair eneuch.

139

He'd been kinder nor usual, socht tae walk her hame frae the ball, bi the loch road. They'd stopped bi the larick wids, nae a sowel steerin bit the waves, and the win, soughin i the branches. It wis a cauld night; she cooried in aboot for warmth – for mair nor warmth. She wisna ill faired. Le Brun thocht plenty o' her. Half o' her wis willin, wis mad tae hae him. Fit if she did fa wi a bairn, that bairn's bluid wid be Robbie's – a thing he couldna tak back.

Bit it wis aa wrang, aa wrang . . . nae fit she'd thocht ava. There wis nae kindness in the jinin. He wis hurtin, hurtin, wi the full brute strength o' the man in him, that she'd kinnelt. An she micht yowl and scrat, and fecht, there wis nae mercy in him. She grat, like the flayed kittlin. Fin he wis throw, he redd himself up afore her like she wis dirt. She touched his airm bit he shook it aff.

"Div ye aye cairry-on this gait – wi ithirs?" he speired – as ye'd spik tae a hoor.

"There's been nae ithers Robbie, I sweir it." Her wird, sae low, she hardly kent it, shakkin aa ower frae cauld, and shock, and fear.

He gaed a bit lauch, and a spit, as if the thocht pleased him fine, that he'd hid the bladdin o' her – bit didna believe her, jist the same.

She'd lost him, efter aa. The loon, lauchin.

"It's a lady's choice," he said.

She wis daen wi dwaumin.

"I made my choice lang syne, Jeems Cochrane, I've loved ae man, and I've beeriet anither. I'm nae sikkin a third."

140

Inrush at Nummer Fower
Gawstoun, Ayrshur, June 1927

Sannie wantit tae get awaw fae it aw. They were richt about there bein nae sowels doun the pit, for gif ane wes a sowel ye were aw sowels, an ye couldnae survive wi sic an attitude. But for a wee cheinge, Sannie took alloued that he wes a sowel, an the sowel wes for a holiday.

It wes that braw, the wather thon caller, douce wey it can be whiles on a Simmer's morn in Ayrshur. Sae he left his jaiket an piece bag ablow the brig at Burnhous, syne daunert alang side the Burnawn. The sunlicht blintered on the chuckie stanes in the watter, but ein wi sic a lowe on thaim, chuckie stanes couldnae pass for the agates he whiles funn thonder. He waunert on for a bit then gied up for the glint on the watter bothert his een. A guid wheen o the miners had it. They cried it the "Glennie Blink" efter the Glennie lamps they cairrit. Gey queer it wes, ye hatit the daurk yet ye could hardly thole the licht, an whiles the verra sun ye loed an langed for would hurt ye an gar ye weish ye wes in the daurk again, gin that wes whaur ye belangt despite it aw!

He warslet up the braeside tae the cairn atoap the valley's heichest hill. He wesnae as skeigh as he aince wes, but he still felt guid up there "out amang the whaups" as his granfaither had puit it. For he could see as faur as the coast wi the black mountains o Arran outlined against the blue and white o the lift. Or ahint him there wes the muirland, broun an bare tae the warld. Or tae his richt, the wuids, teemin wi hares and rabbits, juist beggin tae be poached an turned intae maet an soup. Or there wes the Irvine, whaur monie's the time he had guddlet for trout. Aye, the bonnie sichts wes there aw richt, but the braw things couldnae hide the Gawstoun pits an the idea that he should be awaw doun there ablow the grunn, like thay wee craiturs that dwalt in mowdie holes in the park roun about the cairn. He thocht tae escape the pits, but even up here the very mowdie holes an the fack that he wes happit in moleskins tae, aw mindit him o his life ablow in the wame o the yird.

He luikit out ower the toun an could see the bogies hurlin an the muckle wheels turnin. "The nine wheels o ma misfortune!" it struck him. Fourteen hunder men wrocht in the Gawstoun pits; the Maxwuid, Goatfuit, Loudoun, Streetheid, Holmes, New Pit, Titchfield, Nummer Twaw Gauchallan, an his ain ane, Gauchallan Nummer Fower. The sun wes warm on him as he thocht on the foustie heat o the coalface an the damp o the pit pavements. Even when ye et yer piece, ye had tae bide on yer hunkers tae keep aff the watness. Gin ye wrocht in a dry, warm bit, ye got droukit wi sweit, an gin ye wrocht in a wat place ye were founert wi the cauld dreebles o watter slitherin doun the back o yer neck. If it wesnae ae thing, it wes anither, aye somethin tae thole an sweir at.

He saw McTurk howkin awaw at the face. Main coal

it wes, hard as buggery, but the best there wes. McTurk thocht it wesnae cannie, haein a seam o Main only twenty fadom frae the surface, whaur Major coal should hae been. Main wes usually too deep tae drive, yet here it wes riz up gey near the verra surface! But he wes aye haverin on about somethin, McTurk. For aw his braid shouthers an bawrel chest, he wes like a sully doited lassie whaur supersteition wes concerned. Whiles, like yesterday, some glaikit bodie wad set his hair on fire wi the lamp flame, an gin the fella wesnae hurt ocht, awbody got a guid lauch. Awbody but Hughie, that is. His gleg een wad be lowin brichter nor the flames, an ye wadnae hear a wheep out o him for hours, that serious he tuik awthing. Gin ye heard a tree rax or ryve, an thocht mebbe there wes danger, ye saw Hughie skelp awaw as shin as luik at ye. He never let on, but mebbe the fear gruppit him harder than the feck o thaim for he kennt he couldnae get awaw fast wi that gammy leg o his. Maist miners were sweirt tae wash their back, for they thocht that waikent its strenth an made ye aw the mair vulnerable. But they uised tae kid on Hughie that he didnae wash hissel at aw, an that wes cairryin supersteition too faur!

The levels they were workin wes up a stey slope, a drum at the braeheid wi ropes tae let the fou hutches doun ae side, an pu the tuim anes up the ither. Samson, the totiest cuddie in the haill pit, drew the hutches tae the braeheid for thaim, man an beast workin thegither in the daurk. "McTurk will likely be sweirin," Sannie jaloused. "Wi me no there tae draw for him, the boy they'll gie him will taigle him. He'll be that fashed about no daein his darg, he'll likely full some durt, then spen the lave o the shift wi a face like a fiddle worryin whether the checkweighman will riddle him an finn mair durt than's alloued." Three ton a man wes yer darg, an damned sair wark it wes gettin it duin. As Sannie thocht about McTurk, the big ane's worries shin become his ain, an he hauf weished he had gan tae his wark tae get some money for the faimily. But the ither hauf weished he didnae need tae wark there, wi McTurk readin meanins that werenae there intae aw thing that happened. The weans playin peevers an bools were surprised tae see a miner gaun hame at sic an hour, but they were as wice as ever. "Ony pit piece, mister?" said the biggest o thaim, an smilet when Sannie gied him ower the scones an cheese. "Mind an enjoy that nou for there'll be nocht for ye the morn," he daffed wi the weans syne turned an feinished the thocht, quieter intae hissel, wi a sech, "when I'm back at the coalface."

The neist efternuin

Matha Kay shouted, "I'll awaw Mistress" an he wes out on the line that led tae Nummer Fower, whaur he wrocht as chief fireman. There wes plenty time afore the efternuin shift sent its cages doun, sae he taiglet lang eneuch tae admire the kintraside. Here nocht obstructit ye. The hulls wes aw roun about, emerant green, speckled broun an white wi the mulk kye. When he cam ower the haugh intae Laigh Threipwuid's last park he got a glisk o the pitheid, an a stound that gart the braith stick in his thrapple. His een focused instinctively on the forlorn sicht o a wumman wi a bricht reid shawl staundin, waitin. Aw roun about her wes a steir o activity. "God Almichty, Sur, somethin's faur wrang here" he spak tae himsel as he breenged through the crowd tae the main office.

Kyle, the pit owner, sat heid in his haunds, luikin wee an lost. The veice had tint nane o its confidence though.

144

"Matt, there's been an inrush of moss at the Main coal working. Five are accounted for, two are missing. I want you to take the inspector, manager and insurance official down to examine the place and report what can be done to find the missing men. You'd better take Willie Morton and a few miners along with you."

Matha kennt they should never hae been sae nearhaun the surface. They puit wuiden trees an stells in tae haud up the ruifs o seams that are wrocht, but whit guid's wuid against the like o friest an sodden grun soakit ower hunners o years. He had seen it aw in his day, but it still scunnert him, the pity an waste o it aw. Gin it wesnae juist pairtith, it wes rickets for the weans, sillicosis for the men, or an accident that left a faimily wiout a faither or a faither wiout a leg an nae hope o gettin ocht o a stairt onywhaur. As the cage gaed doun, Matha thocht, an hatit.

Doun ablow, everythin wes smashed uisless – tracks, hutches, the men's graith itsel – aw in bits. The inrush had cut doun through eicht different levels richt tae the main pavement, cairryin ocht that got in its wey. The pairty sprachlet through the muck, no kenin whaur tae luik nor whit tae dae. At ae clearin, Matha noticed the ruif wes needin wuidit, syne he cried for a stell. He propped the stell up an puit a lid unner it on the pavement tae haud it siccar. The lid didnae seem tae lie richt, sae he stoupit doun an wes clearin awaw some glaur, when he liftit a man's haun. They severt him free o the muck, Matha dichtin the man's face wi aw the douceness o his nature an syndin it clean wi caller watter. It wes McTurk. Matha had a vision then, an a lang time sinsyne, o McTurk sensin the roar an crack afore he wes even awaur o it an hirplin awaw like a dementit craitur that kens its aw bye. They rowed his corse in a claith hap an cairrit him tae the cage.

Matha sat doun on the cage bottom, back against the ae side, Willie Morton at the ither, baith their knees raised tae form a chair. The remains o Hughie McTurk wes sat on their knees an brocht up an up tae the guid day licht.

It wes a guid twaw-three days gin Sannie wes brocht up. He must hae skited awaw alang the level, joukin doun throu the auld workins, hearin the rummle ahint him an hopin tae escape it doun there. God only kens, mebbe it wes licht he wes luikin for? They funn him in a daurk womb o glaur, hauns thegither knees tae his chin, like a wean about tae be born that's prayin.

MARY McINTOSH

Mindin On Mither

I didnae think onything aboot it whan the letter drappit through the door. In a broon envelope it wis, aa ofeecial like wi my name an address typit oan it, an half stuck doon at that. Boorocracy disnae hae the time tae feenish ony joab in a wice-like menner, I say.

I mind on mither sayin that.

I opened it, bein fell nosey tae see whit wis inside. I jist aboot went intae a dwam, I wis that embarrassed! Breast Screening Clinic wis the heidin, printed a bittie aff-centre. They'd gotten anither bit o my body tae powk intae, a fell private bittie at that. Hoo doctors canna let a body hae a smidgin o ill-health in peace I canna fathom avaa. There's naethin like a twa-three sair bits tae keep the speak whan ye're oan the street. Her next door gaes ower the score though, three times the doctor wis tendin her last week. Sair back, sair laigs, sair heid. She only had the nerve tae speir me the len o my baid-jaikit. Tae mak hersel respectable. I aye manage tae be daicent in my baid aa the time. I lat her ken that in nae uncertain terms.

Twa things mither telt me, be daicent an respeck yer body.

It transpired that I wis "invited" tae gae an hae my breists seen tae. On the Thursday efternune. In the caur park. I didnae ken whit tae dae. Hoosomever I thocht I had better gae alang jist tae show willing. If I didnae, they wid jist fash me wi mair letters. Medical fowk dinna tak kindly tae them wha winna hunker doon an dae as they're telt.

Ye wadnae hae believed it, there wis a muckle van set richt in the middle o the park, it fair shouted antiskeptic. On the side o it in muckle letters wis the wurds Breast Screening. The Clinic bit wis lyin at the fit o the steps. It lookit fer aa the warld like ane o thae places whaur they show dirty picters.

I went up the steps fell smertish, I didnae want onybody tae see me in thae circumstances. I'm a daicent widda wummin.

Bein sae sleekit pit me in mind o bein at the schule, whan I wis late like. Tryin tae sneak in wioot the missie seein me. But Missie Philip aye did. Had een at the back o her heid. An she laid oan wi the tawse as weel.

The laldy mither gae me whan she fund oot aboot it. Mither had a weel developed sinse o richt an wrang. She gae wey a bittie whan she grew nae weel. Didnae hae the same strength by that time.

The van wis divided intae wee coobickles. I set my letter doon in front o the wifie wha wis sittin at the desk.

"Name," she says.

She had an awfy pan-loafie voice. Fair got up my humph wi her poash wurds.

"It's oan therr."

I gae the letter a bit shove ower the wey.

"Name?" By this time she wis fair glowerin.

I wisnae gaun tae lat her awaa wi that cairry-oan. Funny hoo a fite jaikit aye pits my back up.

"Seein as hoo ye canna read . . . ."

She grabbit the paper oot o my haund.

"Over there."

She pinted me in the airt o a coobickle.

"Undress and put on a gown. See that it is fastened properly. Stay there until your name is called."

Whit she thocht I wis gaen tae dae I dinnae ken! Rinnin aroond a caur park in a cutty sark is no my kind o thing avaa. The door wis wide open onywey, so aabody cuid see in. I noticed that the men were in nae hurry whan they were passin by.

I rived an tugged tae get my claes aff an the goonie oan. Ye cuidna cheenge yer mind faur less yer claes, the place wis sae smaa. My elbas were black an blue by the time I got the goonie oan. Syne my name wis cried an I wis telt tae gae an sit in anither wee room.

Faa wis sittin there but my cousin's wife nursin a bag o messages. Jist tae lat aabody ken she wis nane pit aboot by the hale tirr-wirr. Twa can play at that gemm so I fauded my face intae quaitness an speired hoo she wis daein. This wis the wrang thing tae dae for syne I goat the hale story aboot her twa. Chapter and verse. I did try tae tak an interest in her bit clash but I cuidna get ower hoo auld she wis lookin.

She didnae speir hoo my three were daein, mind ye that's often the wey. I hae sumtimes fund it usefu tae lat ither fowk hae the first wurd. Syne ye can cum in ahent an hae a guid spiel yersel.

I mind o mither playin that caper.

We had a rerr bit crack thegither. Efter I got my wurd

in. I telt her hoo weel Anne an Sara were daein, but I didnae lat oan aboot Peter's divorce. No that it wis Peter's faut, she wis nivir a guid wife tae him. An whit wis the odds, he's awaa in Lunnon, an it's nae a thing tae fash fowk wi.

I'm richt gled mither nivir kent aboot it though, she wis that fond o him. Of coorse they shared the same birthday. Fifty-fower she wis. Didnae hae a lang innins. I'm ten year aulder than her noo, it's an unco thocht tae be aulder than yer mither ever wis.

My cousin's wife wis pouin her goonie roond her hurdies.

"It's fell warm in here."

"Jist as weel," says I, "seein as hoo we're baith sittin here like a perr o auld broilers ready fer the pot."

An wi that I wis cried oan fer my turn.

The lassie that wis daein the screen gleyed at my breists. "It is a lot easier if you are slightly bigger. I'm afraid this may be a little uncomfortable for you."

Noo I kent whit that meant. Sair, an gey sair at that. I gae a bit nod o my heid. Smaa boukit I may be but thae breists o mine hae nurtured three bairns.

She liftit my breist rale canny an laid it oan a steel plate. Anither plate cam doon oan tap o it. There I wis, hung atween a high place an the grund an no able tae muive an inch. My breist wis as flat as a scone. So wis the tither efter it wis dune.

Only a man cuid hae thocht o sic a deevilish contraption.

I didnae lat oan hoo sair it wis though. I wis brocht up wi the unnerstannin that ye didnae mak a fuss aboot yer troubles.

Mither nivir made a fuss, quait tae the hinnerend.

The lassie askit if there wis onything batherin me. I said nae a thing unless it wis the fact that we were aye under the thoomb o the Inglish, the state o the bairns' learnin an the fact that my breists were gey squashed like. By that time I wis riled wi the hale business. I telt her tae get hersel a cattle-prod an hie aa us weemin up tae the mairt tac hac oor breists seen tae. I had nivir kent o ony man gettin his dangly bits seen tae in the middle o a caur park, an I wis damned shair they hadnae aither.

Still, efter it wis aa ower an dune wi I wis rale plaised that I had made the effort.

The second letter cam in a fite envelope. It had a wee windae whaur they pit yer name an address. Dune oan a computer. I cuid jist mak oot the wurd "Infirmary", abune my name. Open fer aabody tae see. Boorocracy! Canna faud a bit paper the richt wey.

Mither wid hae likit the hoaspital. The nurses were real cheery, naethin wis ower muckle bather fer them. Doctors steirin roond my baid, fair intent oan makkin me weel. They telt me jist tae lie back quait. Men hae aye been best pleased wi us weemin in that posection. We hae dune that ower aften tae their biddin. Ye can aye get in ahent though. Whan I had that cervical smear I contented masel wi coontin the hairs sprootin frae the doctor's nose. It kept my mind aff whit he wis daein tae my insides.

Of coorse the place had its doonside. Tak her that wis in the next baid, I wish sumbody had fer I wis fair scunnered wi her girnin. Sair back, sair laig, sair heid, sair breist. Whit did she expect? They telt her there wis nae secondary growth, but wid she hae it? No her, so she girned awaa. As if that wis gaen tae mak ony odds.

Me, I kept my lane an minded my ain business. They speired aa the ins an oots they cuid think o, but I only telt them fit I thocht it wis their business tae ken.

I suppose ye cuid say my breists werena muckle use tae onybody, haein served their purpose. But it didnae seem richt tae throw them oot wi the rubbish. Maks a body feel useless. Empty.

They meant weel, but I wis fair forfochen wi aa the steir. Gled tae see the hinnerend o it.

It's sae quait an peacefu in here. Naebody fashes ye. Me, sittin like a leddy, wi naethin tae dae. It's my haunds I notice maist, real fite an bonny wi the veins showin, a touch bluachie. Nivir thocht tae hae haunds like this. Weel, ye widnae efter forty years wyvin at the jute. I wis a guid wyver.

Took efter mither. She wis i the mill whan she wis thirteen. She had a hard life. Still, we gae her a guid send-aff. It's aa ye can dae.

Her baidjaikit's cum in richt handy. I look real smert in it though I say it masel. Peter bocht me anither ane. Blue. It's awfy bonny but somehoo I feel mair comfortable wi this yin. It disnae sit richt, but then it widnae wi me bein aa lopsided.

The doctor says it wid be easier gin I wid lie doon, but I think it's aboot time I plaised masel.

I wish they wid hurry up wi my cuppie. Aa this waitin aboot fair maks a body drouthy.

PETE FORTUNE

Big Alex's Turn

Haw, aa you fearties oot there, tak hert! Ane o the original worms has turnt, namely big stuippit Alex frae doon the Cochran Street end. A tell ye mun, whit a rerr sicht it wis, a richt collieshangie. A mean, it's no that A huvna seen the big bluntie riled afore – help ma Goad seen that oaften eneuch – but the chiel's aye been that big an saft ye ken, wouldna hairm a flea if it cam til it. But whit a chainge cam ower the muckle craitur the ither nicht; A sweer ti Goad A thocht he wis gaun ti flatten some wee nyaff oot o existence.

We wur doon the Quarter Gill public hoose (or ti gie it its stuippit new-fangled teetle, *The Gryphon*) as per usual, juist oan openin tum, tryin ti get ane or twa drams doon us (ay, aiblins mair than ane or twa!) in amongst aa thon bluidy chrome an noisy young birkies that hing aboot it noo. Like A tellt ye, it's chainged its nemm noo – ay, chainged mair than its nemm, sorry ti say – but we aa still gaun there, oot o nocht mair than habit A suppose, but it's no really ma kinna establishment ony mair.

153

Onywey, there we wur haein a bit drink an a blether, when in wanners big Alex – wi a wumman! Oor eebries juist aboot shot aboon oor heids. An guid that it wis ti see the big bluntie brenchin oot a bit an gettin a haud o somethin, ye hud ti feel that bit soarry fur him. He luikit richt stuippit, an him tryin ti be aa smairt an tidy tae. The craitur's breeks aye seem ti feenesh up wrappit roon aboot his kist, an that nicht he hud a tie oan tae, which A sweer must hae hung awa doon past his ballup. An ti mak maitters worse, he'd a monstroasity o a jaiket oan – auld kinna corduroy thing it wis – which A kinna suspect he maun hae liftit frae the cooncil tip when he wis oan his roons wi the bins. Puir Alex, he wis an awfy sicht. But oor immediate thochts wur – the wumman! Goad preserve us, she wis a thrawn-lookin auld beastie. If it wis houghmagandie he wis intendin, we aa thocht he wis mair than welcome til it. Wi hurdies as muckle as thon he wid hae been in less danger climmin inti the scaffy cairt. Mind ye, no that A wid hae said as much, but ane or twa o the cronies are no as cannie as masel when it comes ti haudin thur tongue. Wee Eric ahint the bar – he's got a gey novel wey wi words – said she had a face o ootstaunnin coorseness! Truith be tellt, A wis thinkin she wis mair than likely an auld limmer he'd picked up frae somewhaur. In fact auld Tosh (bad auld blellum he is, mind ye) said he kent as much fur a fact, claimin he kent hir face frae his daft nichts hingin aboot the bars aroon the harbour. Kennin whit A ken noo, A hope no! But then he's aye fu o clash, far ower fond o steerin the skitter – no ti be listened ti hauf the tum. A'll gie ye an exaimple: mind thon tum we wur supposed ti huv hud the earthquake, a wheen year ago noo? Weill, A kent nocht aboot it at the tum, an the auld haver cams wannerin inti the Quarter Gill

154

whingin aboot it, claimin it wis that stroang he fell oot o bed wi it! Cowpit ower, wi an earthquake, in these airts! Nocht but an auld loun. Onywey. Tosh an the earthquake's anither story. As wee Eric says gey oaften: I diversify. Back ti ma blethers aboot big stuippit Alex.

It wis gey early oan when he cam wannerin in wi her – back o seiven it micht hae been – an we'd aa hud a bit o a giggle at his expense, as micht be expektit, but in nae tum at aa we'd left the big chiel an his wumman ti their ain devices. A'd aboot hud ma quota fur the nicht, an wis ready ti gaun hame, when in barges a richt donsie crowd o cuifs, kickin up an awfu commotion. Ane o thaim hud oan an auld jaiket wi the sleeves toarn aff, an stuff screebled aa ower his back aboot anarchy an deith an whit huv ye. Noo A've got a wee bit mair up tap than some wid gie me credit fur, an A ken that this skraikin eidiot wid hae hud Bakunin an Proudhon an the boys birlin aroon in thir caul bit o grun. (Ma faither hung oot wi McLean an Maxton, ye ken.) Onywey, in they cam, these boys, lookin hauf-crazed an ready ti dae fur thir granny. They wur in an awfu mess – richt at hame in a midden they wid hae been – A thocht they'd been skelpin inti the Lanny, but wee Eric says he thocht they must hae been sniffin thon glue, or eatin some kinna mushrooms that they get a haud o doon by the fitba pitches. Ye ken, A canna staun mushrooms: only hud thaim the ane tum, when we hud a high tea comin back frae the seashore, an A sweer A wis bockin aa weeken. No fur me sir, A tell ye.

Onywey, big Alex. Noo bi this tum A would guess that he hud ersed a few pints – ay, a guid few – when ane o the cuifs catches sicht o him an his wumman, an gets a bit smairt an familiar. Noo the big ane is aye haein the life riled oot o him, an muckle chiel that he is, it's a weill kent

155

fact that he's a big feartie, scairt o his ain shaddie as they say. But by Goad sir, no that nicht.

Noo as faur as A cud tell A didna ken thir boys (mind ye, A canna tell maist o the young anes apairt, truith be tellt), but they obviously kent wha big Alex wis; but then they wid, him bein somethin o a chairakter. Ane o thaim wis as beld as an auld coot – an him juist a bit boy – richt wee gowk he wis. Muckle drouth he must hae hud: he wis warstlin wi the gless gin his life dependit oan it. In atween sookin at his yuill he wis kickin up a stoor aboot the big ane haein a wumman in wi him. He kept gaun oan aboot how auld an withered she luikit, an that the big bluntie must hae cam across hir in ae bin or anither. No awfu policht A agree, but naebody boathered thir hin-end, cus it's juist the kinna gab an cheek he's aye gettin. Maitter o fact, nesty wee nyaff that he wis, maist fowk juist hid a bit keckle, sin it's thocht that Alex's that saft in the heid ye couldna insult him, try as ye micht. But, michty me sir, efter hearin that snash the big chiel cannie-like moved his yuill oot o the wey, an stretchit up ti hus fu heicht (an that's a muckle heicht). Weill, the wee beldy eidiot thocht he'd juist play the pairt o the haurd man.

"Whit's boatherin ye, Alex?" he speirit. "Sit doon ma frein, or ye'll trip ower yer daft tie."

Then wid ye credit it, the big ane grippit a haud o the chiel by the lug, an cowpit his yuill ower his heid! Noo did that no mak fowk staun up an tak heed. A wis kinna feart fur the big ane then, sin the drookit cuif lookit michty pit oot, an aa set ti taste bluid. But nae need ti fash masel: afore ye cud blink an ee Alex hud the puir craitur up agin the wa, an wis gien him some awfu skelps aboot the heid. Michty me, whit entertainment! The auld wumman wis skraikin like a banshee, an kickin Alex aboot the doup, but he peid hir nae heed: he juist pummelt awa at wee beldy.

Ye ken, it took an awfu bodies ti get the big ane aff the boy an calm him doon – we hud ti intervene, gin it wisna ti be a hingin chairge! Help ma Goad – the big bluntie Alex – wha'd hae thocht it o him?

Onywey, as wis only ti be expektit, the polis wur phoned: no lang efter the bit collieshangie thon Sergeant McCrindle cam daunerin by, speirin aboot the fecht. He tellt us he'd blethered ti Alex aboot it, an thocht the big stuippit chiel wid be chairged, mair than likely wi assault an fur causin sic a stoorie. He said it wis a shemm in mony weys, but he wis only cairryin oot his duties. As micht hae been expektit, auld Tosh stuck his neb in, an offered his thochts on the cairry-oan.

"Nae shemm at aa," says he. "Gin the eidiot's gaun ti thraw his weicht aboot ti impress his bit limmer he'll hae ti suffer the coansequences."

Weill, did the auld sergeant surprise us aa!

"Limmer?" says he. "I think ye should ca cannie wi yer sleepery tongue, Mr Stewart. Thon fine wumman is Alex's mither."

A sweer ti Goad sir, naebody had thocht o that! Fur aa that the big chiel bided near at haun, there wisna a bodie kent whit his mither lookit like. An ye ken, whaun A think aboot it noo, A'm sae richt prood o the big ane. Great muckle saft craitur that he is maist o the tum: naebody wis gaun ti insult his mither. Wee Eric cam oot wi some blethers aboot a man's love fur his mither bein ane o the maist pure an profound things kent ti man. (A think that's whit he said, onywey.) An A'm gled ti say, he's probably richt.

W.N. HERBERT

Patience

Your deal. Why's he called Patience?

He pleys patience in his heid.

Inniz heid? Hoo dye dae that?

Well, Patience wiz in Solitary. He wiz in Solitary fur a lang time. But he hud a pack o cairds, so he pleyed patience. Aw the time. And the warder didnae like him, so he pit him in the dark. But Patience hud mairked the pack wi his thumbnail. So he pleyed oan.

A slow gemm, eh?

Well, Patience hud a lot o time. Onywey, wan dey Patience got a cell-mate. Nasty wee nyaff by the name o Munro. And Munro couldnae keep his mooth shut, liked tae air his tonsils, ken whit Eh mean? And Munro didnae like Patience ony mair nor the warder.

People dinnae like ye if ye dinnae talk.

Right. So Munro wad sit there jaain awa, and Patience wad sit there pleyin patience, eyes open, eyes shut. Made nae difference tae him, except wan wey he didnae huv tae look at Munro. So Munro's gaein oan aboot wha did him wrang and whit he wiz fixin tae dae til thum, and wan dey he gaes a wee bit mental and skelps Patience and tells him tae pey attention, and aw the cairds get scattirt, and that stoaps the gemm.

Lost his stride, I suppose.

If ye like. Well, Patience never talked, jist got his cairds back thegither and shuffled thum again. Only Munro hud palmed a caird.

Did he plan this, then?

Naw, he jist thocht he'd try his luck. Acted all apologetic, sayin he got that wound up he didnae ken whit he wiz daein. But he palmed that caird. It wiz the echt o herts.

Is that significant or something?

Naw, that's jist the wey Patience tells it. Onywey, Patience kent wan caird wiz missin, and even though Munro kept lookin too he guessed whit hud happened.

So?

So he stole it back when Munro wiz kippin and got oan wi his gemm. That wiz hoo the warder got involved. Flush and I'm oot.

Shite, I've thurty here. So, how does the warder get involved?

Well, the warder likes tae watch Patience pley. Sometimes he'll be standin there ootside their cell while Munro's rattlin oan aboot some wumman he hud in the boags at a disco and the warder'll say, "That's enough of your filthy talk!" and that'll be the first they kent o him. So Munro and the warder got tae talkin.

Did Patience no hear aw this?

Well, that wiz the funny thing. They wad talk like he wisnae there. Patience never even let on he wiz listenin, let alone interested.

Whit did they say, then?

Well, Munro sez aboot takin the cairds awa, and the warder sez he'd done it and Patience hud gone apeshit, and the trick cyclist said he wiz tae keep his cairds. Then Munro telt him aboot lossin wan o them and the warder pricks up his ears.

"Did he get it back?" he asks.

"Oh he foond it in ma mattress, dinnae ken hoo it got there," sez Munro, sweet as a burd.

"So he'd find it if it wiz in the cell?" asks the warder.

"Unless it got torn up by accident."

"He could get sellotape frae the library," sez the warder.

"It could get lost in the shit-can," sez Munro.

"He'd jist pick it oot, he's nae standards," sez the warder. "But it could get torn up and eaten by mistake."

"Easy enough fuckin mistake tae mak in here!" sez Munro.

"Don't get smart wi me, ma lad," sez the warder.

"Eh'm no eatin some mingin caird he's been fingerin fur years!" gaes Munro in a big hiss.

"Well, ye'll huv tae pass it oot tae me," gaes the warder, even as day. Of course, he disnae huv tae live wi Patience, or worse, sleep wi him there.

Whit happens? I've two left, by the wey.

Well, Munro saunters back, cool as a cat, and starts tae laugh. "Jist a joke wi me and the warder," he tells Patience, but he's not foolin onywan.

Three days later there's a caird gone. Fowre o diamonds.

Whit?

Fowre o diamonds gone.

Thocht ye were pleyin it. Okaydoky, so whit diz Patience dae?

Of course the warder's at the door, so naethin can be done. "Lost a card, huv we? Shall we just search the cell and see whut we can find?" – This gets Munro's back up because o his stash. So there's a bit of argie-bargie wi Patience jist sittin there shufflin and thinkin.

Next day he's pleyin patience again as tho naethin's happened. Munro's amazed. He's been lookin forward tae a good chat oan whaur aw his money's gone, and here's Patience pleyin awa wi fifty-wan cairds.

"Hoo div ye do it, Patience?" he asks. Patience points tae a hole in the grid.

"Fowre o diamonds," he sez.

Well this is a conversational breakthrough for Munro. He's hingin oot the buntin. A reply. No a reply relatin til his ain situation, granted, but a reply nonetheless.

"Hoo div ye pley patience when ye ken whaur wan o the cairds is? Diz it no spile the gemm?" Warder's at the door anaw, listenin.

Naethin. Naethin mair for deys.

Ha, wid ye believe that?

Whit?

I've got the fowre o diamonds noo! Useless.

I'll hae that.

Shite. So hoo did Patience pley wi wan caird short? I mean, either ye could pit it in the grid or ye pretend tae coont it doon, but either wey ye ken aboot it.

Well he did somethin like that wi it. No that they could figure it oot, pair o dopes. He jist kept pleyin aroond thon missin caird and they kept starin at him tryin tae wurk oot whit tae dae next.

What could they do?

Exactly. They stole anither caird. Nine o clubs. Same reaction, only a wee bit quicker. Noo they were mad.

Naethin seemed tae mak a difference so they took anither. Twa o herts. Pause, then some mair patience. Anither. Fehv o spades. This time he stopped for a dey. Then he did a funny thing.

Whit? Come on, tell me!

There's yir fourth queen and I'm oot.

Okay, nae mair cairds. Feenish yir story.

Well, he deals himsel twa cairds and he laives the pack in the middle o the flair. Lies doon on his bunk and shuts his eyes. Munro is bamboozled. He gaes yellin fur the warder.

"Whit's he daein wi the deck planted there?" wails Munro.

"Fuck me sideways!" gaes the warder, and sterts guffawin and feelin in his pockets for the cairds. "He's pleyin me at blackjack. Look!" And he shows Munro his cairds wan by wan.

"Christ he is anaw!" sez Munro. "You've got twenty. Ye'd better stick."

"Not oan your life," sez the warder. "Hey, Patience," he yells, "whit dae I get if I win? Eh? Whit dae I get fur a fehv caird trick?"

"You're never gonnae get an ace!" sez Munro.

"Bring me the top caird."

Munro's aw edgy, like he disnae quite follae whit's goin on. He gaes ower and gets doon oan his hunkers.

"Bring me the fuckin card!" yells the warder. Munro lifts it up, dead careful. He disnae look at it himsel, he brings it ower tae the door and huds it up.

"It's an ace!" gaes the warder, in a quiet wee voice. Then he bangs at the door and gaes "Yess!" and he's unlockin it and in the cell swingin his keys aboot.

"Come on, Patience, whut did ye huv?" he sez. Patience gets up and turns over his cairds and sits there lookin at them.

"Nineteen! He only got nineteen! Christ, I didnae even need tae twist!" The warder is delighted. Munro's standin there beside him lookin doon at Patience and Patience is jist lookin doon at the cairds. The warder picks the pack up and stands there shufflin it.

"Whut dae I get, Patience?" he sez. "Dae I get tae keep the pack, eh?"

Patience gaes back tae his bunk and lies doon. He's sort of lookin at the warder because the warder's that big he fills the cell. Then he jist shuts his eyes.

Munro and the warder dae a wee reel, laughin and slappin each ither's backs, though Munro's fell wee tae be slapped oan the back by the warder. Then the warder sobers up a bit.

"The psychiatrist will be pleased ye volunteered tae gee me yir cairds, understood?" he tells Patience, and aff he gaes wi the pack in his pocket. This last remark puts Munro oan his guaird. He stands ower Patience as tho two and two finally made it tae fowre, and tell me whit he sez . . . .

He sez "Patience, whit are ye thinkin aboot? Patience?"

Dead Branches

Hit wis a dead branch, nae doot aboot dat. Not a laef kind. Ruinin da laekly o me guid sycamore. I lowsed till him wi da saa.

Heth, it wisna an aesy job. I vargit on for da swaet wis hailin aff o me, an still da branch höld. Maybe he wisna as dead as I towt.

Maybe I wis just vyndless wi a saa. Joannie wid a smiled if he could a seen me. Mair laekly, da saa wis blunt. Whan wid he a been sharpened last?

I wis just steppin back ta get me braeth, when I wis awaar o a car haalin in at da fit o wir rodd. Well, tinks I, isn' dat a seeknin? You sit your löf alane night ower night wi da ill wadder, but da meenit da sun shines an you want ta be furt, der sure ta be veesitors.

Oh weel, hit laekly widna be dry lang onywye. Dey wir black cloods hingin ida ert. I pat da saa back ida shed.

Da faces in da car wis aa lookin up at da hoose. Dey solisted a meenit, dan a blue-cled wife got oot, an da car set aff for da nordert.

I stöd at da gate an watched her tipperin up da rodd in her high-heeled shön. Shö wis a peerie, dark-advised body, slim-biggit an kerryin a muckle haandbag. I towt, fae a distance, at I ought ta ken her, but as shö cam closer, I saa at shö wis a stranger ta me.

"Mrs Jacobson?" shö says, wi an American twang. "Mrs Mary Jacobson?"

"Yes," says I, "that's me. What can I do for you?"

I kent ower weel what her airrand wid be. Shö wid be reddin up her faimily tree. I aye get twartree o dem every simmer.

"I understand you're the local registrar. I wonder if it's convenient for me to have a look through your records?"

"Oh yes," says I, "certainly. Just you come in."

So feth, da gairden wid wait. Der naethin I laek better mesell as reddin kin. Mony an oor I'm spent huntin trow da records. Joannie used ta laach at me an ax what I wid dö efter I wan back ta Adam.

So I taks her ben trow. Shö wis a bright, spaeky kind o body, an aa da time I wis tryin tae guess what local connection shö might hae. I took her ta be in her forties. Canadian, no American. Her name wis Barbara Stoker, but dat wis her mairried name of coorse, so I wis nane da wiser. Yon wis her man an her son at slippit her aff at da gate.

Shö spak aboot her doughter back hame, on holiday wi da boyfreend. An shö lookit aroond at my collection o wedding photos an picters o bairns, and said, "Your family?"

"No," I says, "not my own. I have a lot of nieces and nephews, and now they have children too."

I'm said it dat aften.

Shö says I have a beautiful home. I tell her at me late

man wis a joiner an did it all himsell. I run me fingers ower da boannie rosewid table afore da ben window, an feel for a meenit da waarm strent o da wid.

Barbara Stoker staands fairly still, an dan shö says, "My mom's a widow too."

Dey wir a kindly look till her, an ageen I towt at I ought ta ken her.

"Your mother," I says, "was she from Shetland?"

An I taks her inta da peerie back room at Joannie riggit up ta be da records office.

"Oh yes. From right here. She left in 1943. Perhaps you knew her? Anne White? They used to call her Annie."

Shö hed ta see foo surprised I wis.

"Annie White? Is shö still livin?"

"Living? Oh yes, Mom's quite fit and well. She's only sixty-six. You did know her, then?"

I set me doon, an sae did shö. Shö wis smilin, her face lichtit up. Shö wis come a lang wye.

"I knew her fairly well when we were young. We used to work together in the shop in the wartime. She used to write to me .... Of course, you're Barbara!"

I sood a minded dat wis da name o da bairn.

"Guess you lost touch?" Da body wis just uplifted. Shö smiled laek Annie.

"I haven't heard from Annie in twenty years. I wrote a couple of times and got no answer."

Shö drew doon her broos. "Oh well, you see – twenty years, that was just after Rob was born – Dad took a stroke and died that year, and Mom sold the house and everything and moved nearer us. It was a pretty rough time then. She sort of lost interest in things for a while. She lost touch with a lot of people."

I towt aboot da man Annie mairried.

166

"Your dad was Jack Barnett."

"Yes, that's right!" Her eyes shone, laek her midder's afore her. It aa cam back ta me . . . .

I could hear Annie, harkin tae me ida coarner o da haal, "He's caa'd Jack Barnett, Mary. Isn' he just lovely?"

He wisna ill-laek, da boy, richt anyoch, an smert in his Air Force uniform. We saa nae want o him, an his pals tö, for a while. An I did tink at for wance, Annie wis gotten in tow wi a kinda sensible fellow instead o da halliget kind shö wis wint ta go for. But hit widna lest. Shö wid shön weary o him, an be aff wi someen idder. Dey wir dat mony o dem aroond, an dat wis da wye o her.

My midder towt very little o Annie, an weel I kent it.

"Shö'll mak a queer end, yon leddy. Shö's come o da kind. An what guideship is shö hed?"

Annie an her bridder wir baith illegitimate, an her midder deed when da boy wis boarn. Dey bed wi der graandmidder, a trowie body at wis hardly ever seen.

I windered ta mesell foo muckle Barbara Stoker kent.

"Will it be Annie's family you're looking for, then?"

Shö shörly jaloused something fae da wye at I spak, for her eyes glinted, an shö said, "Well, I know it's a pretty one-sided family. Mom told me all about that."

What a mercy it is when fock is telled da truth fae da start. I'm seen mair as wan gettin a braa forsmo fae da records.

"I often think," da Canadian wife wis sayin, "what a hard life Mom must have had."

"Oh yes," I says. "Pretty hard."

An nae doot shö did, far mair as I could guess, but you widna a kent it dan, when shö wis nineteen, linkin an dancin for aa oors o da night, her black hair swingin tae her shooders, an aye ida airms o some man. Annie loved

167

life dan, an wis fairt for nothin.

As for me, on da idder haand, I wis fairt for a braa lock o things. Mam wis aye warnin me. I wis ta watch dis een, an look oot for dat een, and mind foo I spak, an foo I lookit, an wha I spak tae, an ta steer clear o nearly every thing an every een at you could name.

For a winder, shö didna tell me ta steer clear o Bobby Johnson. His fock, of coorse, wis wir guid neebors an kirk-gyaain fock laek hersell, an he never swör or took muckle drink at shö kent o. So shö didna warn me aff o him, an it wis just as weel, for I towt da sun raise an set apo his red head.

I shook mesell, an shawed da wife foo ta fin her wye trow Births, Marriages and Deaths. We lookit for her fock's mairrage an dere it wis, September, 1943.

Ageen, I windered, but ageen shö lookit straight at me an said, "It was wartime. I guess there were lots of rushed marriages in those days."

"You're right," says I. "Plenty."

September. It wis early August when Annie telled me shö wis comin wi a bairn. Shö wis in an awful state. Shö said it wis Jack Barnett's. He wis been posted sooth in May. I said shö sood write an tell him, he wis a fine craiter. An didn' he come, as shön as he could, back fae da sooth o England an mairried her. An awey shö guid tae da flat green world o East Anglia, an later ta Canada, an never wis back in Shetland ageen. Dey wir naething ta come back till . . . .

We fan Annie's graandmidder's death, June, 1945. Shö lay ida hoose for tree days afore onyeen fan her, poor body.

Dan I turned tae July, 1943, an löt Barbara fin her uncle Tom, Annie's bridder. Lost at sea, age eighteen.

I raise an lookit oot da window. Dey wir a pirr o wind apo da voe, makkin a shadow on da sea.

Tom White. Lost ida Nort Atlantic, an all haands wi him, an Bobby Johnson tö.

I minded foo Annie an me used ta geng for lang walks an spaek, an sometimes just sit tagidder an greet. An foo shö wis closser ta me dan as ony o me ain sisters. July, 1943, my darkest days.

Barbara blew her nose. I lookit aroond.

"I'm sorry," shö said, wi taers in her een. "I knew about Tom, but somehow . . . when you see it in black and white like this . . . eighteen years old. Rob's twenty. It makes you think."

Hit wis Annie lookin up at me ageen.

"Oh, Mrs Jacobson," shö said, "isn't war a terrible thing?"

Annie widna a caa'd me Mrs Jacobson.

"Well, now," I says, tinkin ill aboot her, "it truly is, but it brought your mother and father together, mind!"

Shö kinda brightened at dat, an I shawed her foo ta trace back Annie's graandmidder's fock. Da graandfaider wis a Ness man, so I didna hae dat side. I telled her at Annie still hed cousins livin in Lerook, an I wid get her an address oot o da phone book. An dan I guid butt, an left her tae hersell for a start.

Da new Shetland Roll o Honour for da Second World War wis lyin still on da sitting-room unit whaar I'd laid him by da week afore. I wis never won back tae him efter da first look trow. Aye promisin mesell at I wid study him properly, I aye seemed ta fin idder things ta dö.

I wis just makkin wis a cup o tay when butt shö cam, bright ageen an fairly med up wi hersell. Shö towt her man wid be comin back for her ony meenit, but wid it be aa right if shö cam ageen da moarn? Shö could win right back as far as my records guid, but shö wisna hed time ta write it aa doon, an of coorse dey wir lots o branches. I telled her I wid be blyde ta see her ony time.

I took da tay inta da sitting-room an we set wis doon whaar we could see da rodd.

"This *is* nice," shö says. "You've been very kind. I must tell Mom. What was your maiden name?"

I telled her.

"I'll ask her to drop you a line."

"Oh yes," I says. "Please do that."

Dan I shawed her da Roll o Honour, an da photo o her uncle Tom. It wis a guid clear photo, an he wis a fine-laek boy. Shö wis blyde ta see it.

I didna shaw her Bobby's photo. It wisna very clear o him, an onywye, dey wir nae point in tellin her aboot him.

Hit wis laekly aa da photo at da fock hed. I didna hae ony ava.

I needed nane. He stöd afore me yet, wi his blue een an his red hair, an his wye o makkin you laach. He wis tall an slim an could run laek da wind. He could dance, an sing, an play da fiddle laek maist o da Johnsons. He wis da most excitin thing at ever walkit, an even efter aa dis years, an a lang, happy mairrage tae a guid, kind man, Loard help me, I still tink dat.

Barbara wis axin me if I did ony research in da records mesell.

I haaled oot een o da draaers ida unit an shawed her aa me notbooks an rowled-up sheets o paper.

"Goodness!" shö says, wi a laach. "You must know everything!"

I shawed her me ain faimily tree, right back tae 1800. Hit wis me first attempt an I wis still prood o it. I named ower da branches.

"And this is our lot, you see. Two brothers, two sisters and me. Both my sisters are grandmothers now, so their lines go down the page."

Mine, of coorse, stops.

Dan, shörly becaase Bobby wis in me mind, I rekkit oot da Johnsons. I'd geen a copy o dis tae Bobby's midder. Guid kens if ony o dem still hed it. For me, it wis a kind o memorial.

I said at dis faimily wis even mair complicated as mine. I löt her look, an said naething, just sat lookin at da Setter Johnsons. Tree sons an twa doughters, aa wi faimilies. An Bobby.

Dead branches, I towt, me an dee. What might it a been?

What might it a been even in 1943, wi him gyaain back tae da sea an me seek at hert ta see him gyaain? What might it a been, on a May night, ida waarm resting-shair o wir sleepin hoose, if it hedna been for my midder's warnings?

"No, we canna . . . Bobby, pleasol"

He wis tirn. He axed me what ta hell I wis playin at, haet wan meenit an cowld da next? We hed a terrible row, an ta feenish up wi, he guid back ta da dance ida haal, an I gret mesell ta sleep.

He lookit alang da next moarneen, on his wye ta Lerook. He wis awful quiet an anxious-laek. Mam, of coorse, wis hoverin roond aa da time, but he took me ida porch an kissed me, an said, "I'm sorry, Mary. I dönna ken what cam ower me. I tink, anidder time hame, we'll hae ta spaek aboot gettin mairried."

Gettin mairried! I hed ta tell someen, so I telled Annie. Shö wis happy for me. Shö said shö wis seen him back at da dance yon night, an shö windered what wis happened wis.

It wis aa at I could tink aboot an draem aboot in five weeks, till July, an dan da tinkin an da draemin feenished, an everything veeve an lively alang wi it.

But aa dat wis a lang time ago noo, an here I wis sittin wi Annie White's doughter at me side. An Annie hersell wis still livin an weel efter aa dis time, an wid shörly contact me ageen.

"Do you think," says I, "that Annie would ever come back to Shetland?"

Barbara seemed dootful. "She used to talk about it, but not for a long time. I wanted her to come with us, but she wouldn't. Guess she didn't feel up to all that travelling. Hates aeroplanes."

Da car stoppit at da gate.

"Let them come in," I says. "They can have a cup of tea too."

I guid ta cline mair biscuit. Shö followed me inta da kitchen wi her cup.

Hit wis een o yon lipper biscuit packets at winna oppen, an I hed ta scröffle ida draaer for da bread knife. Barbara wis sayin something aboot Annie no wantin dem ta tak Rob wi dem ta Shetland.

"She said he'd be bored. I think she just hoped he'd stay at home with her."

I smiled ta mesell. Annie-laek, I towt. Shö's no fey yet. Shö'll laek haein a young man aroond da place.

"Anyway," shö says, "Rob's not bored. He was into the music straight away, for one thing. He likes it here."

Da door oppened as I wis rekkin doon anidder twa cups oot o da unit.

"Mrs Jacobson," says Barbara, "my husband, Denis."

172

I turned me. Denis wis a dark-haired man, gyaain grey, wi a plaisant face.

"And last, as usual," says Barbara, smilin, "my son, Rob."

An inta my kitchen cam Annie's graandson, a tall, slim young man wi laachin blue een, an höld oot his haand.

Barbara wis smilin at her man, an at me.

"And before you ask," shö says, "we don't know where the red hair came from."

Da cup fell oot o me fingers an guid in shalls apo da flör.

"I'm sorry," he said.

MATTHEW FITT

Stervin

The young lad skytit roon the coarnir intil the merkat-gate an fleescht it doon the pavement, keekin ahint him as he gaed an neer enough cowpit a barry load o aippuls.

"Waatch whar ye're gaein, ya eejit." The aippul seller wus fumin bit the young lad didnae sei him, didnae even heer him. He wus doon an alang the street afore the first aippul hud tummilt intae the cundie.

He cam til a crossan an run oot oantae the road. The mannie in the hatchbak hut his brekks, the wyfie in the faimlie saloon nivver even sein him an the boy in the sports car ahint went skelp intae the bak o baith o thaim. The young lad sklentit roon the vehicles an lowpit owre the bonnet o a Lada. The drehvirs goat oot an stertit yellin, cryin him fur aa the nemms unnir the sun. He turnt intae a lang close atween the buldins an battert doon it, gein a gang o binmen a fleg. The grund wus rimy an ther wus a snell wund blawin bit aa he had oan unnir his lang blek coat wus a whyte t-shirt, a perr o jeans an mawkit gutties oan his feet. Bluid wus rinnin aff his fess, makkin

174

a daurk skiddle doon the frunt o his t-shirt.

Drugs. The buddies aa noddit til each anuthir whan thai sein him breengin oot intil the street. Ehs poppin oot his heid. Drugs an Vice. That's whut thai wur hinkin. The street wus thrang wi thaim, aa happit up an clingin til thair bags. Sin an Devilry. Mafia an Bandits. The young lad joukit atween thaim, thair glowers brustin aboot him lyk flak. Thair een follaed him aa the wey doon the street an intae a roch-lookin pub. Tellt ye, thai noddit, turnin awa.

"Whar's the phone?" The door o the pub clappit oapin. The regulars keekit up fae their pints at the young lad's bleedin chops. "Huv ye no got a phone?" The barman wus gein a gless a dicht oot wi a claith. "Owre ther," he seyd. The young man huckilt owre. "Yon's a nastie cut," the barman tellt him. The young man wus rakin throu his poakits. "Ye'll mebbe better git that sein til." The young lad didnae look at him. "Wha's goat ten pence?" He come stoarmin oot fae the phone buckie. "Gei's ten pence," he demandit aff an aald boy, settin oan his lane at a tebill. The aald boy's chair skraikit oan the flair an he stude up. He micht hae byn aald an he micht hae byn grey bit he wus braidir an tallir nur the young lad an his nose wus aa duntit an squint lyk a boaxir's. "Eh'll gei you a sair fess, sonnie jim. That's whut eh'll gie you." The young lad backed aff. "Oh ay," he seyd. "That's right, eh. That's juist perfekt." An he turnt and crascht oot o the pub, the frostit gless doors flappin ahint him.

Fowk wur trauchlin up the lang hull wi thair messages, sum aald wyfies juist staunin, pechin, haein a wee brek til thairsels whan the young man cam beltin doon the brae, his footsteps rappin roon an aff the waas o the tenements. The fowk aa lookit at him, thair mooths gantin oapin lyk fush. "Whut ur yous gowkin at?" he skreekit as he bombed past. "Whut ur aa yous gowkin at?" Haufwey doon the hull, he sein a grocer's shoappie. The shoap bell tinkilt owre his heid as he gaed intil the gloomie wee pless, choc fou o tins an razors an fag packets. In a coarnir, a mannie in a whyte jaikit wus scutterin owre an arrangemint o cludgie paper. "Kin ye help me?" the young lad wus seyin as he cam up til the coontir. "Ye've goat tae help us." The grocer skeughit oot an roon the frunt o the coontir. He wus swippert an sma boukit, a nae nonsense man. "Naw, naw," he seyd, gruppin the young man's airm. "Bit ye've goat tae help us," the young man protestit bit the grocer hud him bi the shoodir nou an wus steerin him tae the door. "Naw, naw, naw. That's hit. Oot." The shoap bell clangit ahint him as the grocer pit him oot, seid him aff the premises. The young lad geid the door a kik, a real toe-punt, stovin in the widd panel. The bell gied a wee tinkul. The young lad run doon the brae.

At the fut o the hull, ther wus a big poash restaurant. It hud reflectin gless windaes an a swankie Frensch nemm. The young lad fleescht it doon the street, run owre the road neer unnir a bus, an breenged in throu the restaurant's snazzie revolvan doors. The tebills wur aa fuhl an fowk wur settin pickin at thair food, affa polite-lyke, chitterin awa in wee pan-loafey small talk. The young lad stude juist in by, pechin an snochterin, bluid pishin oot his heid, the doors ahint him fleein roon lyk helicopter bleds, he'd burlt thaim that haurd gittin in.

"Kin any o yous help me?" he yelloched an stertit tae rin doon throu the raws o tebills. He run the haill lengt o the restaurant, fowk gowkin at him. There wus a door at the en an he battert throu it intil the kitchen. "Hey!" he shoutit. The room wus thrang wi peepul an smells an pans fou o wattir juist aboot tae byle owre. Lang dreepit-lookin men in whyte claes an bunnits stravaiged aboot like ghaists. Owre in the coarnir, ther wus hauf a deid cou liggin oan its syde an a boy in a whyte peenie wus layin intae it wi an aix. A laddie gaed past wi a siller tray an fowre tassies oan it. "Hey. Whar's the bak door?" the young lad spiert him.

"We huvnae goat a bak door," the laddie wi the wyne reponed.

"Well, how dae aa yous git in an oot then?" the young lad spiert, haun oan his hip.

"We yaise the staff entrance," seyd the laddie, affa smug lyke.

"An whar is the staff entrance?" The wyne waiter wus stertin tae git oan the young lad's wick.

"Oot the bak. Whar dae ye hink we'd pit it?" the laddie seyd an swaggirt aff, the tassles o wyne chinkin.

"Whar's the bak door?" the young lad shoutit at the stookies in the kitchen. Nane o thaim lookit at him. Thai aa kerried oan, chappin up ingans an scutterin owre their hochs o beef.

"Whut's awrang wi yous? Why winnae any o yous help me? Look, whut's this," he seyd, titchin his finger til his heid an slatherin aff a slap o bluid. "Whut dae ye hink this is? Tomaty saace?"

Ahint him, he heerd a dunt. He turnt roon. A mannie in a braw suit staunin neist an oapin door wi his airms foldit an a fess oan him lyke a stane dyke wus seyin, "Oot." The young lad daundert owre tae the door, takkin his tyme. "Thanks fur nuthin," whuspert the young lad as he sleived owre the mannie an run doon the sterrs an oot intil the deylicht agen.

He run doon street eftir street, throu closes an wyndes,

intae departmint stores an oot agen. He wus pechin, fechtin the ehr fur braith. Slavers jiggilt at the coarnir o his mooth. Reid creeshie bluid jaaed aff his fess oantae the grund. He lookit lyk a gallus meenister buddie wi his lang blek coat flappin ahint him. He jinkt roon cars an larries, lowpit owre bins. Fowk waatched him as he steamed past. Sum o thaim shoutit fur him tae stap. A young lad rinnin daft lyk that, neer gittin himsel knocked owre, bleedin tae. An aye keekin roon, owre his shoodir, lyke the deevil ir sumbuddie wus eftir him. Yon cut tae. Whar'd he git yon? Sumbuddie's went an skelpt him. Whut's that aa aboot? Whut dae ye mak o that?

The young lad hud goat himsel fankilt up in a dug's lead, a wee scottie nyaffin at his feet an a bowsie wyfie wi a blue rinse yappin at him tae hae mair mennirs, whan he sein her. She wus richt atour the street, blonde an bonnie, camin oot o a shoap. Tyres an brekks skraikit at him as he beltit it owre the busie road. He run alang ahint her. She wus tall an fine, a leddy. Her lang gowden hair wus spreid oot owre her broon wintir coat lyke a fan.

"Kin ye help me?" he seyd, tappin her oan the shoodir. Her fess wus scherp an her een wur a caller blue. She sein the bluid spairglit owre his claes an didnae sey nuthin, tried tae push oan juist. "Please help us," he seyd agen, wi a wee wheenge in his vyce. He helt her airm.

"How?" she seyd, puhlin her airm awa.

"Ther's peepul eftir me," he telt her in a laich whusper, gliskin doon the street. "Thai'r gonnae dae me in."

"What have you done?" She lookit at his fess. He wus hail enough. He wusnae a junkie. He didnae look lyk a shyster. She wusnae shair whut tae mak o him.

"Ah've no done nuthin."

"You must have done something." Fowk wur walkin

178

past, keekin at the perr. Oh ay. Lovers' tiff. He grabbed her airms, baith o thaim.

"Kiss me." She lookit at him lyke he wus a mad dug. "Pretend ye'r ma girlfriend. Thai'll go right past. Thai'll no hink it's me. Preten ye'r kissin me." He flung his airms roond her an helt up tae her fess his twa creeshie lips fur her tae kiss him.

The lassie skelpt him, swack agross the gub.

"Is he batherin you?" Twa mukkil gadgies wur camin owre, swellin oot thair chists an gein the young lad the evill. Haadin his slapt jaa, he gawkit at the lassie an syne turnt an took tae his heels. The gadgies hirpilt forrit, lookin galluslie eftir him, syne geid it up an gaed bak fur tae sei if thai cud no git a date aff her.

He run doon til the en o the road, an atour the brig owre the river. He stapt fur braith an leaned oan the stane waa, keekin doon intil the clartie waatir an at the toon ahint him. The dey wus dwynin, the gloamin camin oan. He wus oot o pech. He stachert atour til the ither syde an follaed the river alang til he cam oot intil a wee corporation park. A gang o laddies wur bootin a baa aboot in the deein licht an the young lad stummilt owre thair goal mooth.

"Git, ye erse."

"Dae yir heid in."

"Awa an raffle yirsel."

Thair swear-words follaed him intil the derk. He run doon empit bakhafs an wyndes, dugs yammerin lyk mad as he huckilt owre thair territorie. His feet wur sair an the stitch in his syde hud shiftit up til his hert. He turnt intae a dingie street an stapt at a wyre fence. Ayont wus a railway track. The lynes wur singin. Swippert-lyke, he dertit unnir the wyre an hirpilt owre the tracks. The gallus

179

licht o a tren shined in his fess an he pressed himsel agin
the ither syde as the tren hammirt by an aff intil the nicht.
The young lad wun free o the fence an run up a wee brae
an cam oot intil the corporation tip.

The fyres o tinkers lichtit the derk land. The grund wus
nesh an sleekit. It reeshilt unnir the young lad's gutties as
he taikit owre atween the tinkers' vans, no waantin tae
wauken thair mukkil dugs. His airch wus an electric licht
at the aij o the tip. The licht shined fae a windae in a hoose,
aald an faain tae bits. The door wus hauf aff its hinges an
the young lad went ben the hoose.

"Did thai git ye the dey?"

"Nut."

"Mebbe the morra."

"Thai cudnae catch a caald."

"Whar wur ye?"

"Ah wus tae fast fur thaim."

"Whar'd ye go?"

"The station right doon tae the plaza. Easy."

"Did ye git sumhing guid fur a cheynge?"

"Whut dae ye mean, guid?"

"Sei's whut ye goat then."

The young lad oapint his lang blek coat an puhlt oot
a steak. He flung it doon oantil a newspaper an liftit oot
sum cans o juice, cigarettes, chocolate an a can o hairspray.

"Hairspray?"

"Ah done ma best. Yon grocer wus mentul." He shut
his jaikit an twa aippuls drapt oot an tummilt oantae the
bare flair.

"Keepin thaim fur yirsel, wur ye?"

"Nut."

"Ay?"

"Ay. Nut. Ah juist forgoat aboot them, right?"

"Is that it then? Is that aa?"

"No really."

"So whut'd ye git?"

"Sumhing else."

"Whut?"

"A kiss an a feel."

"A kiss an a whut?"

"A wee feelie."

"A lassie?"

"Ay, she wus nice."

"You're gonna git us nabbed, ya eejit."

The young lad gaed owre tae the windae an peert oot.

"An whut did you git then?"

"A wee gold mine."

The young lad lookit at the pile o bags an plastik in the coarnir.

"Bog roll?" he seyd, turnin up his nose.

"No juist bog roll. Toiletries an that. Soap, ken. Nou we kin hae a daicent waash an mebbe dae sumhing aboot your feet."

"Whut's wrang wi ma feet?"

"Thai's stinkin."

"Sae ur yours."

"Sae whut? Heir, sei's that cannister. Is ther onie gas stull in it?"

"Ah dinnae ken."

"Well, lift it an hae a look."

The young lad shoogilt the can. "Ay."

"Right, gei's it an ah'll set up the stove. An fur goad's sek, wype aa that keech aff yir pus."

The young lad picked up a towel an gaed bak tae the windae. The fyres wur still gaein strang an the gypsies wur gein it big licks, singin an dauncin in the snell nicht air.

The towel wus mingin. He shut his een. It wus oan his claes. It wus in his hair. The tomaty saace wus aa owre the shoap. It wus even in his lugs. It wus pure clingin. The reik o it neer med him seik. He dichtit aa the saace aff his fess, drapt haud o the towel an haaled aff his coat. Ahint him, he cud smell cookin. He wus stervin.

IRVINE WELSH

A Soft Touch

It wis good for a while wi Katriona, but she did wrong by me. And that's no just something ye can forget; no just like that. She came in the other day, intae the pub, while ah was on the bandit likes. It was the first time ah'd seen her in yonks.

– Still playing the bandit John, she sais, in that radge, nasal sort ay voice she's goat.

Ah wis gaunny say something like, naw, ah'm fuckin well swimming at the Commie Pool, but ah just goes: – Aye, looks like it.

– No goat the money to get ays a drink John? she asked ays. Katriona looked bloated: mair bloated than ever. Maybe she wis pregnant again. She liked being up the stick, liked the fuss people made. Bairns she had nae time for but she liked being up the stick. Thing wis, every time she wis, people made less ay a thing about it than they did the time before. It goat boring; besides, people kent what she was like.

– You in the family wey again, ah asked, concentrating

183

oan getting a nudge oan the bandit. A set ay grapes. That'll dae me.

Gamble.

Collect.

Hit collect.

Tokens. Eywis fuckin tokens. A thought Colin sais tae ays that the new machine peyed cash.

– Is it that obvious Johnny? she goes, lifting up her checked blouse and pulling her leggings ower a mound ay gut. Ah thought ay her tits and arse then. Ah didnae look at them likes, didnae stare or nowt like that; ah just thought ay them. Katriona had a great pair ay tits and a nice big arse. That's what ah like in a burd. Tits and arse.

– Ah'm on the table, ah sais, moving past her, ower tae the pool. The boy fae Crawford's Bakeries had beat Bri Ramage. Must be a no bad player. Ah goat the baws oot and racked up. The boy fae Crawford's seemed awright.

– How's Chantel? Katriona goes.

– Awright, ah sais. She should go doon tae ma Ma's and see the bairn. No that she'd be welcome thair mind you. It's her bairn though, and that must count fir something. Mind you, ah should go n aw. It's ma bairn n aw, but ah love that bairn. Everybody kens that. A mother though, a mother that abandons her bairn, thit's no bothered aboot her bairn; that's no a mother, no a real mother. No tae me. That's a fucking slag, a slut, that's what that is. A common person as ma Ma sais.

Ah wonder whaes bairn she's cairrying now? Probably Larry's. Ah hope so. It would serve the cunts right; the baith ay them. It's the bairn ah feel sorry for but. She'll leave that bairn like she left Chantel; like she left the two other bairns she's hud. Two other bairns ah nivir even kent aboot until ah saw thum at oor weddin reception.

184

Aye, ma Ma was right about her. She's common, Ma said. And no just because she was a Doyle. It was her drinking; no like a lassie, Ma thought. Mind you, ah liked that. At first ah liked it, until ah got peyed oaf and the hireys wir short. That wis me toiling. Then the bairn came. That was when her drinking goat tae be a total pain; a total fuckin pain in the erse.

She eywis laughed at ays behind ma back. Ah'd catch sight ay her twisted smile when she thought ah wasnae lookin. This wis usually when she wis wi her sisters. The three ay them would laugh when ah played the bandit or the pool. Ah'd feel them looking at me. After a while, they stopped kidding that they wirnae daein it.

Ah never coped well wi the bairn; ah mean as a really wee bairn like. It seemed to take everything over; aw that noise fae that wee size. So ah suppose ah went oot a lot eftir the bairn came. Maybe a bit ay it wis my fault; ah'm no saying otherwise. There wis things gaun oan wi her though. Like the time ah gied her that money.

She was skint so ah geez her twenty notes and sais; you go oot doll, enjoy yourself. Go oot wi yir mates. Ah mind that night fine well because she goes n gits made up like a tart. Make-up; tons ay it, and that dress she wore. Ah asked her where she wis gaun dressed like that. She just stood thair, smiling at me. Where, ah sais. You wanted ays tae go out so ah'm fuckin well gaun oot, she telt ays. Where but, ah asked. Ah mean, ah wis entitled tae ken. She just ignored ays but, ignored ays and left, laughing in ma face like a fuckin hyena.

When she came back she wis covered in love bites. Ah checked her purse when she wis oan the toilet daein a long, drunken pish. Forty quid she had in it. Ah gave her twenty quid and she came back wi forty fuckin bar in her purse. Ah wis fuckin demented. Ah goes, what's this, eh? She just laughed at me. Ah wanted tae check her fanny; tae see if ah could tell that she'd been shagged. She started screaming and saying that if ah touched her, her brothers would be roond. They're radge, the Doyles, every fucker in the scheme kens that. Ah'm radge, if the truth be telt, ever getting involved wi a Doyle. Yir a soft touch son, ma Ma once said. These people, they see that in ye. They ken yir a worker, they ken yir easy meat fir thum.

Funny thing was, a Doyle can dae what they like, but ah thought that if ah goat in wi the Doyles then ah could dae what ah liked. And ah could fir a bit. Nae cunt messed wi ays, ah was well in. Then the tapping started; the bumming ay fags, drinks, cash. Then they had ays, or that cunt Alec Doyle, he had ays looking eftir stuff fir um. Drugs. No hash or nowt like that; wir talking aboot smack here.

Ah could've gone down. Done time; fuckin years ah could have done. Fuckin years for the Doyles and their hoor ay a sister. Anywey, ah never messed wi the Doyles. Never ever. So ah didnae touch Katriona and we slept in different rooms that night; me oan the couch likes.

It was just after that ah started knocking aroond wi Larry upstairs. His wife had just left him and he was lonely. For me it wis likes ay insurance: Larry wis a nutter, one ay the few guys living in the scheme the Doyles gied a bit ay respect tae.

Ah wis working oan the Employment Training. Painting. Ah wis daein the painting, in the sheltered hooses fir the auld folks, like. Ah wis oot maist ay the time. Thing is when ah came back in ah'd either find Larry in oor place or her up at his. Half-fuckin-bevied aw the time; the baith ay thum. Ah kent he wis shaggin her. Then she started tae stey up thair some nights. Then she just moved upstairs wi him aw thegither; leaving me doonstairs wi the bairn. That meant ah hud tae pack in the painting; fir the bairn's sake, like, ken?

When ah took the bairn doon tae ma Ma's or tae the shops in the go-cart, ah'd sometimes see the two ay them at the windae. They'd be laughing at ays. One day ah gits back tae the hoose and it's been broken intae; the telly and video are away. Ah kent whae had taken them, but thair wis nothing ah could dae. No against Larry and Doyles.

Their noise kept me and the bairn awake. Her ain bairn. The noise ay them shagging, arguing, partying.

Then one time thair wis a knock at the door. It was Larry. He just pushed past ays intae the flat, blethering away in that excited, quick wey he goes on. Awright mate, he says. Listen, ah need a wee favour. Fuckin electric cunts have only gone and cut ays oaf.

He goes ower tae ma front windae and opens it and pulls in this plug that's swingin doon fae his front room above. He takes it and plugs it intae one ay ma sockets. That's me sorted oot, he smiles at ays. Eh, ah goes. He tells ays that he's got an extension cable wi a block upstairs but he just needs access tae a power point. Ah tell him that he's oot ay order, it's ma electric he's using and ah goes ower tae switch it oaf. He goes: – see if you ivir touch that fuckin plug or that switch, you're fuckin deid Johnny! Ah'm fuckin telling ye! He means it n aw.

Larry then starts telling ays thit he still regards me and him as mates, in spite ay everything. He sais tae ays that we'll go halfers oan the bills, which ah knew then wouldnae happen. Ah sais that his bills would be higher than mine because ah've no got anything left in the hoose that uses electricity. Ah wis thinking aboot ma video and telly

187

which ah kent he had up the stair. He goes: – what's that supposed tae mean then Johnny? Ah just goes: – nowt. He says: – it better fuckin no mean nowt. Ah sais nowt eftir that because Larry's crazy; a total radge.

Then his face changed and he sort ay broke intae this smile. He nodded up at the ceiling. – No a bad ride, eh John? Sorry tae have tae move in thair mate. One of these things though eh? Ah just nodded. – Gives a barry gam though, he sais. I felt like shite. Ma electricity. Ma woman.

– Ever fucked it up the erse? he asked. Ah just shrugged. He crosses one ay his airms ower the other one. – Ah've started giein it the message that wey, he said, just cause ah dinnae want it up the stick. Bairn daft, that cunt. Once ye git a cunt up the stick, they think thuv goat their hand in yir poakit fir the rest ay yir puff. Yir dough's no yir ain. Isnae ma fuckin scene, ah kin tell ye. Ah'll keep ma money. Tell ye one thing Johnny, he laughed, ah hope you've no goat AIDS or nowt like that, cause if ye huv ye'd've gied it tae me by now. Ah never use a rubber when ah shaft her up the stairs thair. No way. Ah'd rather have a fuckin wank man.

– Naw, ah've no goat nowt like that, ah telt him, wishing for the first time in ma life that ah did.

– Just as well, ya dirty wee cunt, Larry laughed.

Then he stretched intae the playpen and patted Chantel on the heid. Ah started tae feel sick. If he tried tae touch that bairn again, ah'd've stabbed the cunt; disnae matter whae he is. I just wouldnae care. It's awright, he goes, ah'm no gaunny take yir bairn away. She wants it mind, and ah suppose that a bairn belongs wi its Ma. Thing is John, like ah says, ah'm no intae having a bairn aroond the hoose. So yuv goat me to thank fir still having the bairn, think about it like that. He went aw upset and angry and pointed tae hissel. Think about it that wey before ye start making accusations aboot other people. Then he goes cheery again – this cunt can change just like that – and sais: – see that draw for the quarter-finals? The winners ay St. Johnstone v. Kilmarnock. At Easter Road likes, he smiles at ays, then twists his face aroond the room. – Fuckin pit this, he sais, before turning tae go. Just as he's at the front door he stops and turns tae me. – One other thing John, if ye want a poke at it again, he points at the ceiling, just gies a shout. A tenner tae you. Gen up likes.

Ah mind ay aw that, cause just after it ah took the bairn tae ma Ma's. That wis that; Ma goat ontae the Social Work; goat things sorted oot. They went and saw her; she didnae want tae ken. Ah goat ah kicking fir that; fae Alec and Mikey Doyle. Ah goat another yin, a bad yin, fae Larry and Mikey Doyle when ma electric wis cut oaf. They grabbed ays in the stair and dragged ays through the back. They goat ays doon and started kicking ays. Ah wis worried cause ah hud a bit ay money ah'd won fae the bandit. Ah wis shitin it in case they'd go through ma poakits. Fifteen quid ah hud taken the bandit for. They just booted intae ays but. Booted ays and she wis screamin: – KICK THE CUNT! KILL THE CUNT! OOR FUCKIN ELECTRIC! IT WIS OOR FUCKIN ELECTRICITY! HE'S GOAT MA FUCKIN BAIRN! HIS FUCKIN AULD HOOR AY A MOTHER'S GOAT MA FUCKIN BAIRN! GO BACK TAE YIR MA! LICK YIR MA'S FUCKIN PISS-FLAPS YA CUNT!

Thank fuck they left ays withoot checkin ma poakits. Ah thoat; well, that's seekened they cunts' pusses anyway, as ah staggered doon tae ma Ma's tae git cleaned up. Ma nose wis broken and ah hud two cracked ribs. Ah hud tae go tae the A and E at the Infirmary. Ma sais that ah should nivir huv goat involved wi Katriona Doyle. That's easy tae say now but, ah telt hur, but see if ah hudnae, jist sayin like, jist supposin ah hudnae; we would nivir huv hud Chantel, like. Yuv goat tae think aboot it that wey. Aye, right enough, ma Ma said, she's a wee princess.

The thing wis thit some cunt in the stair hud called the polis. Ah wis thinking that it could mean criminal injuries compensation money fir me. Ah gave them a false description ay two guys thit looked nowt like Larry n Mikey. Thing wis, the polis talked like they thought ah wis the criminal, that ah wis the cunt in the wrong. Me, wi a face like a piece ay bad fruit, two cracked ribs and a broken nose.

Her and Larry moved away fae upstairs eftir that and ah just thought, good riddance tae bad rubbish. Ah think the Council evicted them fir arrears; rehoosed them in another scheme. The bairn wis better oaf at ma Ma's and ah goat a job, a proper job, no just oan some training scheme. It wis in a supermarket; stackin shelves and checkin stock levels, that kind ay thing. No a bad wee number: bags ay overtime. The money wasnae brilliant but it kept ays oot ay the pub; ken wi the long hours like.

Things ur gaun awright. Ah've been shaggin one or two burds lately. There's this lassie fae the supermarket, she's mairried, but she's no wi the guy. She's awright, a clean lassie like. Then there's the wee burds fae roond the scheme, some ay them are just at the school. A couple ay thum come up at dinner time if ah'in oan backshift. Once ye git tae ken one, yir well in. They aw come round; just fir somewhere tae muck aboot cause thair's nowt fir thaim tae dae. Ye might git a feel or a gam. Like ah sais, one or two, especially that wee Wendy, they're game fir a poke. Nae wey dae ah want tae git involved again aw heavy like but.

As for her, well, this is the first ah've seen ay hur fir ages.

– How's Larry? ah ask, gaun doon tae connect wi a partially covered stripe. One guy's squinting his eye and saying that's no oan. The Crawford's Bakery boy goes: – Hi you! Admiral fuckin Nelson thair! Let the boy play his ain game. Nae coaching fae the touchline!

– Oh him, she goes, as the cue clips the stripe and heads towards the boatum cushion, – he's gaun back inside. Ah'm back at ma Ma's.

Ah just looked at her.

– He found oot that ah wis pregnant and he just fucked off, she sais. – He's been steying wi some fucking slut, she goes. Ah felt like saying, ah fuckin well ken that, ah'm staring hur in the fuckin face.

But ah sais nowt.

Then her voice goes aw that high, funny way, like it eywis goes when she wants something. – Why don't we go oot fir a drink the night Johnny? Up the toon likes? We wir good Johnny, good thegither you n me. Everybody said, mind? Mind we used tae go tae the Bull and Bush up Lothian Road Johnny?

– Ah suppose so, ah sais. Thing wis, ah suppose ah still loved her; ah suppose ah never really stoaped. Ah liked gaun up the Bull and Bush. Ah wis always a bit lucky oan the bandit up there. It's probably a new one now though; but still.

It isnae easy tae forget the wrong she did by me; by me and the bairn. But aye, ah still love her, always have done, and that has tae count fir something.

ALISON MANN

But the Dinosaurs' Herts Were Cauld

Jeems, ma man, deid on a braw simmer's day.

On a bricht mornin in June month, we steid bi the burn lookin ower the berry fields that were his pride.

He turned tae me, pit oot his haun, staiggered a wee, an wis awa. Quaitlike, juist the wey he'd lived, niver a fash tae onybody.

Hardly wis he cauld in the mools abeen the toon than the factor peyed me a veesit.

Aabody roon aboot hid been expeckin him, for doon at Waterside we hid few neebours an we aa kent ane anither's concerns.

But this seemed fell hasty.

Could he no gie us time wi oor grief afore pittin the Clause intae operation?

The Clause. Words on a bittie o paper. Legal terms that shorn o aa their mystery meant that I wis noo hameless.

"Sorry about James, Mrs McKinlay," says he, duckin his heid tae come inbye.

Stannin on the hairthrug, his humphy shooders gar'd him look for aa the warld like a hoodie craw, his beaky neb sniffin the air for the smell o siller.

"The Estate have sent me to give you notice to quit. A formal letter will be sent to you in due course. You have permission to hold a roup of effects if you wish."

Like the mairt baist fan it sees the exe I wis dumfoonert. Syne I opened ma dry lips.

"Oh, Mr Sibbald, can I no bide? Is there nae wey?"

"Now Mrs McKinlay, you know when we modernised Waterside you and James signed an undertaking . . . ."

"Aye, I ken aa that – but I've nae place tae gae . . . ."

"I'm sure the family will help out . . . ."

"But I dinna wint that. Jeems an me wis aye independent – aye guid tenants – an his faither afore him – we niver missed a rent day . . . ."

"Yes, yes, Mrs McKinlay, I know, but legally you know how it is . . . ."

An he wis awa in his braw Merc.

The fairmer, a fell nosey man, but kindly, wis ma first veesitor.

"Sa Sibbald's car ootside this mornin. Wis it aboot the Clause?"

"Aye, Sandy, that it wis, an no a bit blate aboot it aither. Hoo cud he dae it?"

"I daur sweer they'll be needin tae sell Waterside tae swell their coffers. Peety ye couldna buy it yersel. Oh, Jean sends ye some aiggs . . . ."

Neist tae arrive wis the District Cooncillor fu' o smiles an het air. The word Eviction wis gettin aboot.

193

But fan he heard aboot the Clause he shook his heid.

"Nothing to be done about it, I'm afraid. It's the Law, you see. The time to contest should have been when the Estate asked you to sign." An he gaed awa relieved-like that he widna be ca'ed on tae dae onything.

The faimly rallied roon, of coorse. My six sturdy bairns that we hid raised in the wee hoose at Waterside – aye, wi'oot the rinnin water the Estate ca'ed modernisation – aa groun up wi faimlies o their ain.

I wis determined no tae be a burden tae ony o them.

Suggestions were made: a snod wee hoose i the toon? – a granny flat? – sheltered accommodation?

Na! na! na!

Ilka time I refused. The Estate should hae offered me some place tae bide. Wis it no their duty?

Mrs Crombie cam inbye. She's frae Aiberdeen. She'll fecht onybody aboot onything. She's fell het on the richts o the individual. A guid eneuch wumman aa the same.

She wis aa for fechtin it.

But I wad hae nane o it. Aa I cud foresee wis yaiseless expense wi nae guid ootcome. In ma experience it's niver been ony yuise tainglin wi the gentry. Ye canna win agin *them*.

I roupit oot at Michaelmas, strict tae the letter o the Clause, ". . . that the Estate hereby agree to modernise the dwelling house known as Waterside . . . on the undertaking that should either of the parties concerned decease, then the other shall vacate the property on the term day next to come . . ."

Freens an neebours peyed ower the odds for graips an clatts, an the Fordson Fergie, noo a collector's piece, wis bocht bi a man frae Fife.

I got this draughty wee cottar hoose tae rent – nae thanks tae the Estate – an the faimly helped tae mak it as snod as it's possible tae dae wi an endmaist hoose on a hill.

But oh! how I missed Waterside, the hard but satisfyin wark o the berry season, fowk drappin by for a box o beddin plants, the bricht hairst o tomatoes frae the glesshooses. Maist o aa, I missed my gairden, the fruits o forty years o lovin care. My bonny bowers o roses, the stans o hollyhocks, dallies an chrysanths an the borders o marigolds an sweet mignonettes. I hae tae say that I wept fan I heard it hid been turned intae a ridin stables, the berry fields plooed up an graivel pit doon faur my gairden hid been.

I tried tae pit a brave face on aathing, but oh I thocht on the Estate an the laird an their unfeelin weys. An the attitude o respect that I hid kept for them aa the years melted awa an turned tae bitter hatred.

Ye ken, aa ma life I respected them, even fan I kent they wisna worth it. Ye see, we wis *trained* tae respect them.

Fowerteen I wis fan I gaed up tae wark at the big hoose, no Skelbick that's noo their faimly hame, (it haein been the dower hoose), but the auld hoose that wis up ayont the wid. A maist byordinar bonny mansion, an dae ye ken fat they did?

Efter Sir Hector mairried his sigond wife she wis that extraivagant they cudna afford the upkeep. So they selt aa the picturs tae a place in London, an ruggit oot aa the braw fireplaces an selt them tae, an syne they pit dynamite – aye, dynamite – aneath it an blew it aa up!

I wis a young wife gin this time, but I mind fine I wept fan I heard aboot it. But Jessie Manson telt me Sir Hector sat on the back o a cairtfu' o furniture gaein doon tae the

Dower Hoose, swingin his legs an singin.

Tae get back tae ma time at the big hoose. I wis a hoose maid an at fowerteen I wis the lowest o the low. Oh, we kent *oor* place richt eneuch, an whiles we wis sair haudden doon. That's no tae say there wisna guid times, though, but they were mair in spite o Sir Hector an his faimly, no becus o them.

An hoo they lived!

Naethin wis ower guid for them, *they* were niver cauld in the big hoose. They lived for pleesure – walks, ridin, tennis, croquet. Curlin an skatin in the winter.

An aye drinks wi aathin, afore lunch, efter lunch. The grog tray as they ca'ed it gaed in at six, syne they'd drinks wi denner, drinks efter denner. They were aye at it till they staiggered fou tae their beds at nicht. I've taen glesses aff the taps o fowerposter beds – oh! they led a yaiseless life.

An fan they hid their shootin pairties!

We'd spend a month airin rooms, scrubbin, syndin, polishin, an their gentry freens wad arrive wi their casks o beer an their dugs in the drawin room an their dirty habits.

We hid tae wite on them hand an fit, aye ahent them – cleanin – cleanin.

They didna seem tae appreciate onythin aither.

Ye ken that wid that borders the Lodge? It wis planted oot in Sir Hector's grandmither's time wi some maist unusual trees – ye'll see some o them there yet – an wi a curlin pond an a skatin pond.

An whit is it like noo?

Trees fa'en doon aa ower the place, tattie brock dumpit in hapes, a quarry howkit oot, the ponds aa chokit. Blight an ruin aa wey.

An hoo did it aa end? Sir Hector deein alane i the

196

Dower Hoose while the Lady Moira wis awa in London shoppin.

An she hersel endin her days in a nursin hame.

As for their dochter, the young Lady Laird, as fine ye ken, a sorry wumman she is, divorced frae her man, a stranger tae her sons, wi nae solace i the Big Hoose but her gin bottle an the auld gamie.

An is it no whit ye micht caa ironic, that gin Sir Hector wis here yet, an his hoose gaed on fire, my Allie an his lads cud pit oot the bleeze, gin he wis ill, my Marget cud nurse him back tae health, gin his bairns needed teachin oor Kenny cud gie them their ABCs, an gin his car broke doon Chick cud sort it.

An whit cud he gie in return?

But as Bill, my auldest laddie aye says, that lot hae haen their day.

CONTRIBUTORS

KATE ARMSTRONG is an East Coast Scot, poet, teacher and creative writing tutor; she writes in Scots and English. Her first collection of verse and prose was published in 1993 by Blind Serpent Press.

SHEENA BLACKHALL (née Middleton) has published seven volumes of Scots poems, and four short story collections, mainly in Scots. Her eighth volume of poems, *Druids, Drachts, Drochles* (Hammerfield Publishing), is due out in 1994. A fifth story collection is projected for 1995. She is an illustrator as well as a writer, who works in a music shop to support her family. A single parent, she was born in Aberdeen in 1947.

JOHN BURNS was a founding editor of *Cencrastus*, and is the author of *Celebration of the Light*, a study of Zen in the novels of Neil Gunn. He lives and works in Galloway.

SHEILA DOUGLAS: born in 1932, grew up in Renfrew; educated at Paisley Grammar School and Glasgow University, graduating with an M.A. (Hons) in English in 1954. Taught in Glasgow and Perth till early retirement in 1988. Married in 1959, husband also in teaching; two sons, born 1960 and 1965. Involved since 1960 in Scottish Folk Music Revival as performer, organiser and writer, and active for many years in the Traditional Music and Song Association and the Scots Language Society. Gained doctorate at Stirling University in 1986; broadcasts, visits schools and writers' groups and speaks at international conferences. Books include *Sing a Song of Scotland* (Nelson, 1981), *The King o the Black Art* (A.U.P., 1987), *The Sang's the Thing* (Polygon, 1992), *Come Gie's a Sang* (Hardie Press, 1994). Currently helping to edit the Greig-

Duncan Folksong Collection, and writing the biography of Arthur Argo, Greig's great-grandson.

"The storyline of the 'The Hamecoming' is my own, but the background, characters and dialect are based on twenty-five years experience of visiting the Hawick-Newcastleton area to take part in the Newcastleton Music Festival, where I met and stayed with local people, and learned about their history, lifestyle and language."

SANDY FENTON was brought up in Drumblade and in Auchterless, Aberdeenshire, son of a souter-cum-crofter. Educated at Drumblade, Auchterless and Turriff schools, and at Aberdeen and Cambridge Universities. Jobs have included: Senior Assistant Editor of the Scottish National Dictionary, Director of the National Museum of Antiquities of Scotland, and currently Professor of Scottish Ethnology and Director of the School of Scottish Studies, at the University of Edinburgh.

MATTHEW FITT: born in Dundee, 1968; pauchled his way through Edinburgh University; spent three years hingin aboot in Europe and the U.S.; got back hame in time tae see Dundee get relegated. Awfie pleased with the change in attitude towards Scots; excited by the prospects the language might enjoy, juist as lang as the feet isnae cawed fae under it. Would like tae see Scots poets and writers being mair dynamic with the language. Nou is the time tae be gallus. Nou's the time tae breenge.

PETE FORTUNE lives in Dumfries. Previous work in *Chapman*, *New Writing Scotland*, *Rebel Inc*, *Spectrum* and *West Coast Magazine* amongst others. "Big Alex's Turn" was originally published in *Lallans* after it was suggested by then editor Willie Neill that he try writing in Scots. "When writing in Scots it is not my voice that comes across, but perhaps that of my father, enhanced with the odd word or phrase gleaned from the dictionary. Ma faither's tongue in ma heid."

W.N. HERBERT was born in Dundee in 1961. He has written many books of poetry in Scots and English, including *Forked Tongue* (Bloodaxe, 1994), *The Testament of the Reverend Thomas Dick* (Littlewood Arc, 1994), and, with Robert Crawford, *Sharawaggi* (Polygon, 1990). In 1992 O.U.P. published his study of Hugh MacDiarmid, *To Circumjack MacDiarmid*. His short stories have appeared in *New Writing Scotland* and the S.A.C./HarperCollins anthology of Scottish short stories. He is currently Writer-in-Residence for Morayshire.

WILLIAM HERSHAW: born 1957, he lives in Lochgelly and teaches English in Kirkcaldy. Most of his published work has been poetry in Scots, most recently in *Dream State: the New Scottish Poets* (Polygon, 1994). "Guid ti his Ain" is an extract from a novel in Scots.

BRENT HODGSON: born in New Zealand, 1945. Came to Scotland in 1971 for one week to see a friend. Later met a girl from the Isle of Arran. Now he has a wife and two children.

"I see nothing strange about King Lear being alive in our world. Elvis Presley in his second life gets his messages at the Tesco's in Whitletts Road, Ayr. . . .

"In the story 'King Lear. . .', the reader may like to transliterate the phrase 'Are you a sap?' to 'Are you Aesop?'"

LAUREEN JOHNSON: born in Shetland. Teaches in Brae High School. Married, with two teenage children.

BILLY KAY wes born in 1951 an brocht up in the former minin community o Gawstoun in Kyle whaur he wes gien pride in his mither tongue, his fowk, their literature an sangs. In his wark as a writer an broadcaster, he tries tae gie ithers at dinnae hae this steiran culture in their ain backgrunn, insicht intae the pouer an raucle smeddum it aye hains. He is weel kent for books like *Scots: the Mither Tongue* (Alloway Publishing), *Odyssey* (Polygon), *Knee Deep in Claret* (Vieille Alliance), an plays sich as

201

They Fairly Mak Ye Work an *Lucky Strike.*

"Inrush at Nummer Fower": baith the author's granfaithers wrocht in the pits, but baith were deid afore he kennt thaim. The details o this event that left its scaurs on the community a wheen year efter it happened, wes gien tae him by his granfaither's brither, the Matha Kay in the story.

ALISON KERMACK: born Edinburgh 1965. Now living in Orkney and working in Stromness Books and Prints. Still writing poetry and occasional short stories but only if there's no parties on and nobody's going to the pub. Currently working on getting priorities right. Poetry has appeared in two pamphlets, *Restricted Vocabulary* (Clocktower Press, 1991) and *Writing Like a Bastard* (Rebel Inc Publications, 1993), and in *Dream State: the New Scottish Poets* (Polygon, 1994).

J.E. MACINNES: brought up in Ayrshire, educated at Kilwinning High School, and now living in Easter Ross after a sojourn in the Isle of Skye. Writes poetry and short stories in both standard English and Lallans and is deep in the throes of a novel. Now divorced with two sons, one at Glasgow University and the other still at school in Alness. Interested in local politics and traditional story-telling.

MARY McINTOSH: ex-jute weaver, became mature student and entered teaching profession. Now retired, she lives in Kirriemuir and devotes most of her time to writing in Scots. Is keen to foster the use of Scots language. Has written for, and helped to produce, the children's anthology *Caa Doon the Mune*. Has had stories and poems published in magazines and anthologies including *Chapman*, *More Poetry from Macgregor's Gathering* and *Scots Glasnost*. A prizewinner for poetry and prose in the Dundee Festivals of 1992 and 1993. Has also broadcast her work on Radio Tay.

DOUGLAS McKENZIE is forty-six and has been a teacher for twenty-three years. Comes from Leith, presently living in South Africa. Has had several short stories published in *Chapman, Scottish Child, English Teaching*. Has also had stories broadcast on radio. Writes Scots poetry which has appeared in both an anthology and in *Chapman*.

ALASTAIR MACKIE: Aberdeen born; educated Skene Square School; gained a foundation for Robert Gordon's College (1937-43). Served in the Royal Navy 1944-46. Began at Aberdeen University in 1946, and graduated with First Class Honours in English in 1950. Taught at Stromness Academy 1951-59. Went south to Waid Academy, Fife, 1960-83 till retirement. Began writing in Scots in 1954. Published *Soundings* (Akros, 1966), *Clytach* (Akros, 1972), *At the Heich Kirkyaird* (Akros, 1974), *Back-Green Odyssey & Other Poems* (Rainbow Books, 1980), *Ingaitherins: Selected Poems* (A.U.P., 1987).

ALISON MANN: Born in Aberdeen, she early acquired her love of the mither-tongue with her maternal relatives on Ythanside. When the family moved to Kincardineshire she attended Mackie Academy, Stonehaven, and was inspired by the work of Lewis Grassic Gibbon, a former pupil at that school. A career in teaching, and child-rearing, however, meant that any ambition to write had to take second place. Married to an Indian, she has travelled widely in India, and lists gardening, hill-walking and reading among her hobbies.

JAMES MILLER wis born in 1948. He worked in the Far East, Canada, Afghanistan an ither places afore comin hame til the north o Scotland til gie mair time tae scrievin. The maist o his work focuses on his native Caithness, the settin for his full-length novel, *A Fine White Stoor* (Balnain, 1992). In "The Hamecomin" he has venturit a blend o Caithness talk wi Lallans, an his plans for the future include novel-length works in the same leid.

JOHN MURRAY: born 1954, West Africa. Has lived in Fife, London, Manchester and the Borders, and currently teaches design at Edinburgh College of Art. More of his work can be found in *The New Makars* (Mercat Press, 1991), *Chapman* Nos. 65 & 68, *New Writing Scotland* Nos. 8 & 9, *Lallans* Nos. 36, 38, 40 & 41, and the *Zed$_2$0* issue on "Baroque Minimalism".

"The Meenister's Cat": based on a children's game of applying an alphabet of epithets to the unfortunate cat.

"Hert o Midlothian": reflects the custom and practice of Embra folk of expectorating on the site of the Old Tolbooth, which is marked as the story tells. Argyll also did observe Montrose from a window in Canongait as he journeyed to his end.

JAN NATANSON was born and brought up in Scotland, read psychology at the University of St Andrews and now lives in Kirriemuir. She has had poetry published in several magazines and anthologies, including *Caa Doon the Mune, More Scottish Poetry from Macgregor's Gatheirng, Scotia Bar Anthology, New Writing Scotland.* Her main writing output is drama, and includes a rehearsed reading at Dundee Rep, a radio play for McManus Gallery, Dundee, one-act plays and devised pieces with various community groups at Dundee Arts Centre. She has had professional productions of her work by 7:84 and at the Byre Theatre and Traverse Theatre. "Alienation" is her first published short story.

JANET PAISLEY has been a full-time writer for fifteen years, and is a single parent with six sons. She grew up in Avonbridge and now lives in another small village near Falkirk. Currently she is Writing Fellow for Darnley and Carnwadric, also extramural lecturer in writing at Glasgow University and tutor of Stirling Writers Group. Previous writing fellowship: Glasgow South Division Libraries 1990-92. Collections: poetry – *Images* (video ETV/AV), *Pegasus in Flight, Biting Through Skins* (Rookbook); short stories – *Wildfire* (Taranis Books). Forthcoming collections: *Alien Crop* (new poetry from Chapman) and a collection of monologues (Rookbook), both due this year.

WILLIAM J. RAE: retired F.E. Lecturer, Dundee. Born of Aberdeenshire parents in London. Attended St Marylebone Grammar School. War Service with the R.A.F. in Burma. Aberdeen University, before teaching career in Kirriemuir and Dundee. Speciality as a writer – fables in Scots, all original. Twenty-three published to date, in *Lallans, Chapman, Scots Glasnost, Leopard, The Scotsman* and *Weighbauk*. Would like to see them collected some time, with others not yet published. English and Scots short stories in *Words, Brunton's Miscellany*, and *Gallimaufry*. Poems, Scots and English, in various publications. Contributor to "Speaking Scots" series in the *Scots Magazine*.

JAMES ROBERTSON: born in 1958, grew up in Bridge of Allan, Stirlingshire. Studied history at Edinburgh University, and completed a Ph.D thesis on the works of Walter Scott. Worked for eight years as a bookseller before being appointed Writing Fellow at Brownsbank Cottage, Biggar, the former home of Hugh MacDiarmid. Two collections of short stories published, *Close* (B&W, 1991) and *The Ragged Man's Complaint* (B&W, 1993).

STANLEY ROBERTSON was born in 1940 into a family of travelling people. He has worked for thirty-nine years as a fish filleter in Aberdeen. Being brought up in a rich cultural environment, he gained knowledge of the ballads, stories and customs of Scotland. His work has taken him to America, Canada, Denmark, Holland and France. He has been the subject of three dissertations. Lecturing at universities world-wide, he is a favourite with staff and students. Latterly he has been acclaimed as a writer in Scots with books such as *Exodus to Alford, Nyakim's Windows, Fish-Hooses* and *Fish-Hooses II* (all Balnain Books).

AGNES THOMSON was born in 1949 in Lanarkshire. Before her marriage she worked in the Civil Service. She now works part-time in a library. She is married with three grown-up children. "Birth Row" is her first published story.

DAVID TOULMIN is the pen-name of John Reid, who was born at Rathen in Buchan, Aberdeenshire in 1913. His father was a farm-worker, and at the age of fourteen John left school to work on the farms as a "fee'd loon". In 1934 he married Margaret Jane Willox and the couple have three sons.

An interest in writing which began in his schooldays developed into an absorbing hobby and in 1947 his first article was published in *Farmer and Stockbreeder*. Since then, he has had nine books published; a number of his short stories have been broadcast on the radio and he has made several appearances on television. In 1986 he was awarded an Honorary Degree as Master of Letters (M. Litt.) by Aberdeen University for his services to Scottish literature. His *Collected Short Stories* (Gordon Wright Publishing) appeared in 1992.

IRVINE WELSH lives in Edinburgh, a historical and cultural suburb of the great port of Leith. He has written a novel, *Trainspotting* (Secker & Warburg, 1993) and a collection of short stories, *The Acid House* (Jonathan Cape, 1994). Currently working on loads of different things. He is also planning a clubbing tour of the industrial west.

DUNCAN WILLIAMSON: a member of the travelling people originally from Argyllshire, he has appeared at storytelling festivals in Canada, America, England and Ireland as well as Scotland. More than two hundred of his traditional stories have been distributed throughout the world; broadcast on television and radio and published by major houses in Edinburgh, Cambridge, London, New York and Milan. Since 1983 he has shared his fabulous lore of the travelling people with more than 500,000 children in a thousand schools, arts centres and libraries throughout Scotland alone.

LINDA WILLIAMSON: ballad singer, folklorist and editor, originally from Madison, Wisconsin, she holds a Ph.D. in Scottish Studies from the University of Edinburgh (1985) and two music degrees from Wisconsin and Edinburgh (1971 and 1974). She has collected and produced an extensive range of traditional stories, and with Duncan Williamson has published several collections of Scottish stories transcribed from Duncan's oral tradition.

ACKNOWLEDGEMENTS

Sheena Blackhall—'Lady's Choice' first appeared in Sheena Blackhall, *A Nippick o' Nor'East Tales* (Keith Murray Publications, 1989).

John Burns—'Waukenin' first appeared in *Scotland's Languages* No.1, (1992).

Sandy Fenton—'Glory Hole' first appeared in *New Writing Scotland* No.7 (Association for Scottish Literary Studies, 1989).

Pete Fortune—'Big Alex's Turn' first appeared in *Lallans* No.25 (1985).

Billy Kay—'Inrush at Nummer Fower' first appeared in *Genie* (E.U.S.P.B., 1974).

Alison Kermack—'A Wee Tatty' first appeared in *Original Prints 4* (Polygon, 1992).

J E McInnes—'Wee Peachy' first appeared in *The Reckoning* (ed. Farquhar McClay, Glasgow Workers' City, 1990).

Alastair Mackie—'My Grandfather's Neive' first appeared in *Lallans* No.5 (1975).

James Miller—'The Hamecomin' first appeared in *Chapman* No.61-62 (1990).

John Murray—'The Meenister's Cat' first appeared in the form of a poem in *Scream If You Want To Go Faster* (*New Writing Scotland* No.9, 1991, A.S.L.S.)

Janet Paisley—'Vices' first appeared in Janet Paisley, *Wildfire* (Taranis Books, 1993).

William J Rae—'Antic Disposition?' first appeared in *Words* No.9 (1980).

David Toulmin—'The Dookit Fairm' appeared in David Toulmin, *Collected Short Stories* (Gordon Wright Publishing, 1992).

Irvine Welsh—'A Soft Touch' appeared in Irvine Welsh, *The Acid House* (Jonathan Cape, 1994).

Duncan and Linda Williamson—'The Boy and the Blacksmith' first appeared in Duncan and Linda Williamson, *A Thorn in the King's Foot* (Penguin, 1987).